「一緒にお風呂に入って、
他愛もない会話をして……
豚さん、これはらぶこめですか？」

楽しみたいわけではない。
決して。まさか。
変態じゃあるまいしな。
っっ
じぇす
「やっぱりこの格好は、
豚さんがお楽しみになるためなんですね……」

ジェスは疑っているようだが、
別に俺は、ジェスに
100

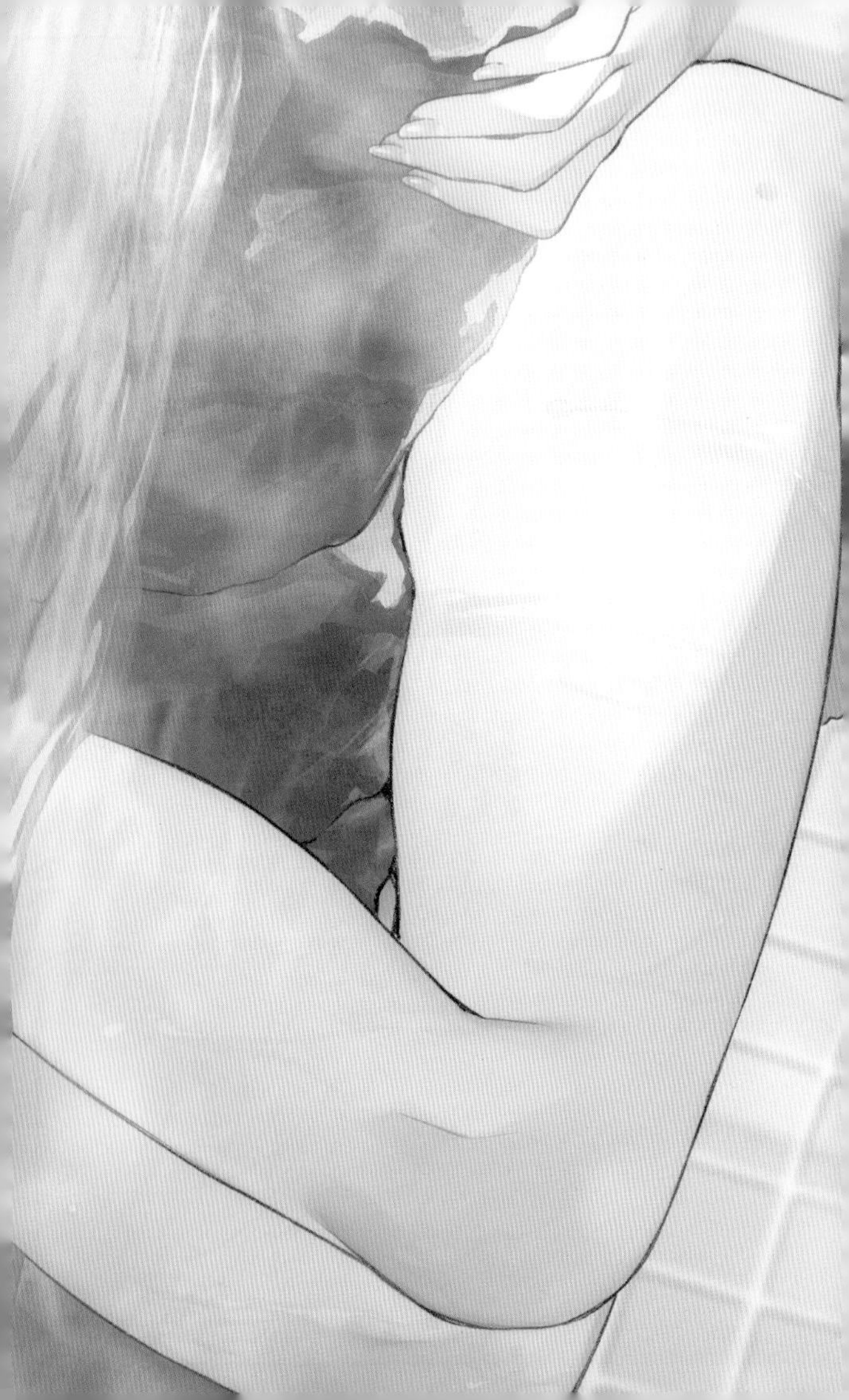

Heat the pig liver

the story of a man turned into a pig.

豚のレバーは加熱しろ

（4回目）

逆井卓馬

Author: TAKUMA SAKAI

[イラスト] 遠坂あさぎ

illustrator: ASAGI TOHSAKA

Contents

目次

Heat the pig liver

第一章

最近、ジェスたそのようすがちょっとおかしいんだが。

the story of
a man turned into
a pig.

模倣とは、あらゆる文明にとって必須の営みである。例えば赤子《あかご》は模倣によって言葉を習得するし、武術や芸術、そして魔術のように高度な技であっても、先人たちが築き上げてきた体系を模倣し、それを我がものにすることがまず要求されるだろう。何事も、模倣があってこそ、ようやく自己流に創造していくことが可能となるわけだ。

模倣すべき対象は様々だが、こと模倣の題材になりやすいのは生物である。十億単位の年月をかけて淘汰《とうた》され、進化してきた生物は、高々一〇〇年の命しかない我々の浅知恵を遥《はる》かに超えた英知を、その身の内に秘めているからだ。

例えばモルフォ蝶《ちょう》は、青い色素をもっていないにもかかわらず、微細構造の技巧によってその翅《はね》を青く美しく輝かせる。この仕組みを模倣すれば、青色の金属光沢を放ち色あせることのない魔法のような織物《おりもの》を創り出すことができる。

また、オナモミという植物の種子の表面には鉤《かぎ》状に曲がった棘《とげ》が並ぶ。それが近くを通りがかった獣の毛に絡《から》まることで、種子が遠くまで運ばれ、オナモミは自ら動かずとも生息範囲を広げることができる。これを模倣して創られたのがマジックテープというものだ。鉤《かぎ》状の微細な突起が並んだ面と、それが絡《から》まる繊維が敷かれた面とが、貼り合わせたり剝《は》がしたりという動作を繰り返し行うことを可能にする。

このように、生物の模倣をすることには一定の意義がある。だからジェスにはこういう練習を提案しているのだ、決して俺が個人的な趣味でお願いしているわけではない——そうしっかりと説明しているのだが、ジェスには一向に納得する様子がない。

「でも、ウサギさんの耳と尻尾をつけて、このように露出の多い格好をすることが、本当にお勉強になるんでしょうか……」

サラサラとした金髪の上には長い黒色の耳。胸と下腹部とお尻という最低限の場所だけをぴっちり覆う黒いレオタード。お尻の上には丸い尻尾がついている。首には付け襟、手首にはカフス。ほどよく肉の付いたきれいな腕と脚が、暖炉の炎に照らされて艶《なま》めかしく光る。

俺は小屋の中をぐるぐる歩いてジェスの装《よそお》いを真剣に観察しながら、括弧を打って伝える。

〈当然だ。そのタイツは初めて創る布だったろ。実用的な使いどころはまだ分からないかもしれないが、こういう新素材を試してみるのも大切なことだ〉

「ウサギさんって、そのたいつというものを穿《は》いているんでしたっけ……？」

そういえば穿《は》いてない。おかしいな。

きれいな瞳が、じっ、とこちらを見つめてくる。

「たいつを創造する魔法の練習であれば、ウサギさんの模倣は必要なかった気がします」

　小ぶりな胸の前で不満そうに腕を組むジェス。

　やれやれ。まったく、分かってないな。ブタ野郎と言えばバニーガールなのだ。

〈信じてくれ。ウサギを模倣する技術は、いつかきっと役に立つ。今はとにかく練習だ〉

　ジェスは疑っているようだが、別に俺は、ジェスに色々なコスプレをさせて楽しみたいわけではない。決して。まさか。変態じゃあるまいしな。

「やっぱりこの格好は、豚さんがお楽しみになるためなんですね……」

　地の文を読み、ジェスは組んだ腕を解いて脱力した。

「それならそうと、最初から言ってくだされぱいいのに。豚さんのためなら、どんな格好だってして差し上げますよ」

　悪戯《いたずら》っぽく笑うと、ジェスはつま先立ちになってバレリーナのようにくるりと回転した。輝くほど白い布が身体《からだ》の周りへ湧き出るように現れ、渦となってジェスを優しく包み込む。バニーガール衣装はその渦の中へ溶けて消え、こちらを向いて止まったジェスは純白のドレス姿になっていた。艶《なま》めかしさはなくなったが、こちらはどストレートに可愛《かわい》い。

「褒めてくださってもいいんですよ」

〈本当に上達が早いな、さすがジェスだ〉

「魔法のことじゃなくて……服装のことです」

　ドレスの裾《すそ》をちょこんとつまんで持ち上げ、俺に微笑《ほほえ》みかけてくる。さながら小さなファッションショーだ。

〈似合ってるな〉

「ありがとうございます！　じゃあ、こんなのはどうでしょう」

ジェスがドレスを手で撫《な》でると、その指先から濃い青色の糸が染《し》み出すように広がっていき、白い布地に植物模様を描き始めた。

〈ちょっと大人っぽくなってきたんじゃないか。これも好きだ〉

「豚さんは何でも褒めてくださるんですね」

ジェスは嬉《うれ》しそうにはにかんだ。

このところ、ジェスは衣服を創造する魔法にハマっている。最初は糸を紡《つむ》ぐところから始まったのだが、恐ろしいほどの学習速度ですぐに布を織ることができるようになり、それを思いのままに成形して衣服にするところまで到達してしまった。

ジェスも年頃だ。ファッションへの興味がこの学習意欲を駆動していることは間違いない。

ルンルンと無邪気に服をいじるジェスを、俺は教師気分で眺める。

〈楽しそうで何よりだ。勉強が楽しいに越したことはないからな。布を創る魔法の勉強を提案してみて正解だった〉

「ええ、銃器を創る魔法のときは全然上手《うま》くいかなかったのに、こちらにしてみた途端にぐんぐんできるようになりました。実は最初のころ、豚さんが私にこすぷれというのをさせて楽し

みたいだけではないかと、ちょっぴり疑ったりもしていたのですが……」

じっと俺を見て、破顔一笑。

「ちゃんと私の適性を見抜いてくださっていたんですね」

〈もちろんだ〉

こんなに真面目で勉強熱心な女の子を騙《だま》して私欲を満たそうとする男が——そんな豚のような男が、いったいどこにいるというのか。

そりゃもちろん、ジェスが色々な格好に挑戦する姿を見るのは楽しい。しかしそれは目的ではないはずだ。この鍛錬はあくまで、ジェスの魔法を上達させるため。ケモ耳やタイツといった概念のないメステリアに、そうしたアイテムをなんとか用意しよう！——という醜い足掻《あが》きなどでは決してないのである。

刀鍛冶《かたなかじ》に作ってもらった眼鏡もどきをロリにかけさせてブヒブヒ喜んでいた変態黒豚のことを思い出す。俺はあの豚とは違う。天と地ほどに違う自負がある。

「できました！」

ジェスの声がして、そちらに目を向ける。純白のドレスは、青と水色の植物模様で全面美しく飾られていた。

「どうですか、変じゃないですか？」

〈いや。模様も繊細で、すごくきれいだと思う。いい感じだ〉

「嬉しい」

鏡を用意すれば自分で姿を見ることができるはずなのに、ジェスはそれをせず、いつも俺に

ファッションチェックを求めてくる。大学に進学してからというものチノパンとチェックシャ

ツしか着たことがない黒髪千円カット眼鏡ヒョロガリクソ童貞であるところの、この俺に。

当然俺は月並みなことしか言えないわけだが、それでもジェスはいつも満足そうに笑うのだ

った。

「具体的に、どんなところがいい感じだと思いますか？」

弾んだ声で訊かれて、言葉に詰まる。本当に、服には詳しくないのだ。

〈……顔かな〉

冗談で誤魔化すと、ジェスはゆるゆると首を振る。

「無理しなくていいんですよ。それほどのものではないと自覚してますから」

美少女が何か言っている。自己肯定感の低さは相変わらずだ。

〈なに馬鹿なこと言ってんだ、国宝級の顔面しておきながら〉

「そんなことないですっ！　豚さんだけですよ、そういうふうに言ってくださるの」

ムキになって反論する美少女を、少しからかってみたくなる。

〈シュラヴィスも言ってたけどな。一国の王子が言うんだから間違いないだろ〉

「ええぇ、シュラヴィスさんが……？」

純粋なジェスは、耳を赤くしてうろたえる。

〈胸も大きすぎなくていいって言ってたぞ〉

ジェスは途端にむすっとした顔になる。

「嘘《うそ》です。そんなこと、シュラヴィスさんが言うはずありませんから」

確かに言ってたんだけどな……。

「私の顔立ちを褒めてくださるのも、私の胸をいいと言ってくださるのも、このメステリアでは豚さんただ一人ですよ。無理しなくて大丈夫です」

服は褒めると喜ぶのに、顔や胸を褒めても喜ばない。女心はなかなかに複雑だ。

「複雑じゃありません」

ジェスは人差し指を立てて、少し前屈《まえかが》みになって俺を見た。地の文……。

「服を褒めていただけると嬉《うれ》しいのは、その服を選んだ感性を認められた気がするからです。もちろん、容姿を褒められて嬉《うれ》しくないと言ったら嘘《うそ》になりますが……」

〈感性か……なるほど、分かるような、分からないような〉

「豚さんだって、美味《おい》しそうと言われるよりは、優しいと言われた方が、きっと嬉《うれ》しいんじゃありませんか？」

考えてみる。ジェスが俺を見て、美味《おい》しそうと言う場合、優しいと言う場合。

〈確かに……まあ、美少女に美味《おい》しそうって言われたら、それはそれで嬉《うれ》しいけどな〉

そう伝えながら、俺はチラッとジェスに視線を送った。

「美少女じゃないので言いませんよ」

〈そっか……〉

しょんぼりとミミガーを垂れる。するとジェスは、慌てたように両手をわたわたさせる。

「あ、いえ、豚さん、美味《おい》しそうです！　食べちゃいたいくらいです！」

ブヒッ！　食べて食べて！

「食べませんが……」

そう言って、ジェスは不器用に笑った。むしろなんだか申し訳ない気持ちになってくる。

〈こんなラブコメみたいな会話に付き合わせてごめんな……〉

するとジェスは首を傾《かし》げる。

「らぶこめ……？」

いかん、専門用語を使ってしまった。

〈恋愛を軸にした楽しいお話のことだ。俺のいた世界で流行《はや》ってたんだ〉

「へえ、そんなものがあるんですね……恋愛を軸にした、楽しいお話……」

ジェスの顔がぱあっと明るくなる。

「いいですね、私もやってみたいです！　らぶこめ！」

ジェスの拳はぎゅっと握られ、肩の前でワクワクと揺れている。ラブコメをやってみたいという女の子には初めて会ったかもしれない。そもそも出会った女の子の母数が少ないが。

〈でもあれだ、ラブコメっていうのは恋愛対象がいないとできないぞ〉

俺の言葉に、ジェスは小さく唇を尖《とが》らせる。

「まだそんなことをおっしゃるんですか」

しばらく互いに見つめ合って、気まずくなって目を逸《そ》らす。

「……あ、いけません。もう遅くなってしまいましたね」

ジェスに言われて、窓の外を見る。空はすっかり暗くなっていた。近くに並ぶ針葉樹の、尖《とが》った三角のシルエットが、強い冬の風に吹かれて一方向にしなっている。

――その隙間から、赤い星が一つ見えた。

北の空で妖艶《ようえん》に輝く北方星《サルビーア》。別名を〝願い星〟という。

「今夜は一段と、願い星がきれいに見えますね」

俺の視線に気付いたのか、地の文を読んだのか、ジェスも俺と一緒に、窓枠に切り取られた小さな夜空を眺める。

「少しずつ、北に近づいてきた実感があります」

北に向かったからといって、北の星が有意に近くなるのはあり得ない――そう何度も指摘しているのだが、ジェスは頑《かたく》なに譲らない。

——北の果てに浮かぶ赤き願い星を手にした者は、いかなる願いをも叶《かな》えることができる

ジェス曰《いわ》く、そんな古い伝説がメステリア全土に伝わっているという。俺とジェスは王都を離れ、二人きりで、その願い星を目指す旅をしている。

……もちろん、願い星というのはジェスなりの口実に違いない。事態もひとまず落ち着いて、二人きりのブヒブヒハネムーン——というわけではないが、きっと見分を広げるための旅なのだろう、と俺は勝手に推測している。

王都で生まれ、王都で育ち、南の街で小間使いをして一六の誕生日を迎えたジェス。それからも日々は慌ただしく過ぎ、メステリアを好きに見て回る機会などなかったのだ。

北方星《サルビーア》を目指して、北へ、北へ。

俺たちは旅を続け、今はメステリア北西部の森を通過中だ。

今夜は森の中に建つ小屋を借りて泊まり、明日は遂《つい》に「ラッハの谷《たに》」という行楽地に到着する。ジェスはとても楽しみにしている様子だった。ずっと訪れたいと思っていた、とっておきの場所らしい。

寝間着に着替えると、ジェスは狭いベッドで丸くなった。小屋の中は暖炉で暖められてはいるが、石の壁からは冷気が漂ってくる。俺も暖炉の前に伏せた。

ジェスは寝返りを打ってこちらを見た。暖炉の炎が、その澄んだ瞳にキラキラと映る。

〈どうした〉

しばらく俺を見つめてから、ジェスはそっと目を閉じる。

「いえ、何でもありません」

寝る前、ジェスは何か思うところがあるかのように、こうして俺を見ることがあった。

〈まだ眠れそうにないか〉

「いえ、何というか……眠りたくないんです」

〈眠りたくない？〉

「ええ……明日が待ち遠しくて。もちろん、明後日《あさって》も、その次の日も……楽しいことが、きっとたくさんありますよ」

目を閉じたまま、夢見るように言う。

「早く明日にならないかな、と毎晩のように思います……夜が来ずに、すぐ明日になればいいのに、って」

突拍子もないことを言うものだから、俺はジェスを見たまましばらく固まってしまった。

〈いや、寝る時間は大切だぞ。この国でも、「寝る子は育つ」って言うだろ〉

「……どこを見て言ってるんでしょう」

別におっぱいは見ていないが……。

「おっぱいを見ていましたね」

目を閉じたまま俺の視線を読んできた！

〈いや、本当に見てないからな。俺はおっぱいについてそれ以上の成長を求めていないし、そもそも掛布《かけぶ》団《とん》で見えていない〉

あら、と布団《ふとん》で隠れた胸元を確認するジェス。その胸の大きさを、俺は天使の黄金比と呼んでいる。計算し尽くされた自然科学的な美の結晶が、どこか神聖さすら感じさせる曲線に包まれた最高のバランス。大きくなればよいというわけでは決してないのだ。

ジェスは諦めたように口を閉じて、地の文をスルーした。

「ごめんなさい。寝た方がいいのは、分かっています」

もぞもぞと動いて、ジェスは顔を天井に向ける。

「しっかり寝ましょうね。明日もたくさん歩きますから」

〈そうだな、それがいい〉

おやすみを交わして、俺たちは眠りに就く。

その温かさと平穏はまるで、本当にラブコメのワンシーンのようだった。

昼過ぎには、大きな川に差し掛かった。葉の落ちた木々に覆われたなだらかな丘陵を削るように、少し濁った水が悠々と流れている。青空の下、水面はとても穏やかで、木でできた小舟が何やら樽《たる》を積んで行き交う。対岸の小高い丘の斜面には低木が罫線《けいせん》のように整列しており、その斜面に囲まれて小さな街が見えた。白い壁に黒い三角屋根の建物が、ぎゅうぎゅうに並んでいる。

「向こうに見えるのが、ラッハの谷《たに》だと思います！」

モフモフの上着を着たジェスが嬉《うれ》しそうに指差した。やたら重そうな革の鞄《かばん》を肩から掛けていて、すっかり旅の装《よそお》いだ。

〈近くに橋が見当たらないな〉

「こちらからは、船に乗って行くんでしょう」

ジェスは小さな桟橋を見つけると、そこでパイプをふかすおっさんに話しかける。どうやら渡し船をやっているらしい。革のコートの上からでも、筋肉質な上半身が見て取れる。

俺たちはおっさんのボートに乗り込み、どんぶらこ、どんぶらこと川を渡る。

「こんな冬に嬢ちゃん一人なんて、珍しいじゃねえか。見ねえ顔だな、旅の者《もん》か」

豚もいますよ。

もちろん、船頭のおっさんに地の文は届かない。俺はジェスの隣に大人しくお座りしていた。

「ええ、北へ向かって旅をしているところで。ラッハの谷《たに》は素敵なところだと聞いていたので、とても楽しみにしていたんです」

そうかそうか、とおっさんは笑顔になる。

「この時期だとワインがよく出とる。ラッハはワインの名産地だ。試してみるといい」

「ワイン、ですか……」

対岸の街を囲む山の斜面は、他の部分と違って大きな樹木が見当たらず、低木と杭《くい》が規則正しく並んでいる。一面ブドウ畑なのだ。この辺りの船に積まれているのも、ワインの樽《たる》だろう。

「嬢ちゃん、酒は飲まねえか。今いくつだ」

「一六です」

おっさんの目が細くなって、コートのファーに囲まれたジェスの首の辺りを見た。イェスマかどうかを気にしたのだろう。懸念《けねん》は解消されたようで、またすぐに笑顔になる。

「じゃあ飲んでみるといい。温めても美味《うめ》え」

長いオールを操って船を進めるおっさん。ジェスが注視された首元を気にしているのに気付き、黄色い歯を見せて肩をすくめる。

「俺は怪しい者《もん》じゃねえが、気ぃ付けときな。このところ治安がどんどん悪くなってきとる。嬢ちゃんみてえな年頃の女が独りで旅してると、目え付けられるかもしれん」

「ありがとうございます、でも大丈夫です。私は独りではありませんので」

ジェスは俺を見て微笑《ほほえ》んだ。

石畳で整備された対岸が近づいてくる。おっさんは思い付いたように訊《き》く。

「ところで嬢ちゃん、泊まる場所は決まっとるか？」

「ええ、山の上の大屋敷《おおやしき》に泊まろうかと。素晴らしい場所だと聞いています」

頷《うなず》いたおっさんの眉が、少し気まずそうに歪《ゆが》んだ。

「いいと思うけどよ、最近妙な噂《うわさ》があんだ。あの大屋敷《おおやしき》の周りには幽霊が出るってな。女の幽霊だそうだ。金目のもんがなくなるって話もある。気ぃ付けときな」

「幽霊……?」

睫毛《まつげ》の長い目が、少し見開かれた。俺は知っている。これは恐怖からではない。好奇心からだ。ジェスのきれいな茶色い瞳が、冬の太陽にきらりと輝いた。

〈興味あるんだな〉

――ええ。だって、幽霊さんですよ！

船頭の目を気にしてか、豚の俺には心の声で話しかけてくる。幽霊と聞いたら怖がるより先にその正体を知りたがる、好奇心のお化けみたいな少女だ。

「ご忠告ありがとうございます、大屋敷《おおやしき》に泊まることにします！」

話をちゃんと聞いていたのか、と訝《いぶか》しげな顔になったおっさんだが、対岸に着くと愛想《あいそ》よく駄賃を受け取って、俺たちをラッハの谷《たに》に送り出した。

街並みはおとぎ話のように美しい。三、四階建ての建物がおしくらまんじゅうをするように立ち並び、その白い壁は木組みの格子《こうし》模様で飾られている。窓は草花で飾られ、早くも傾き始めた陽光に煌《きら》めいている。街の向こうにはブドウ畑のなだらかな斜面が見えていた。その上に、尖塔《せんとう》の目立つ大きな石積みの建物がある。あれが大屋敷《おおやしき》だろうか。

「きれいな街ですね……一度、二人で来てみたかったんです」

ジェスは俺に笑いかけると、革の鞄《かばん》から何やら紙を取り出して、そこに人差し指でちょんと触れた。今までも何回か見た行為だが、何をしているのかは分からない。

〈その紙、何なんだ？〉

と訊《き》いてみるも、

「秘密です」

と毎度のように誤魔化されてしまう。

ジェスは紙を大切そうにしまって、行きましょう、と俺をいざなった。

ここ数日は雪が降っていないからか、風は冷たいが積雪はない。街やブドウ畑が南向きなのもあるだろう。建物の脇に集められた小さな雪の山が、日を浴びてじんわりと溶けだしている。

ジェスは石畳の道をルンルンと軽快に歩く。

「まずは幽霊さんの出るという大屋敷《おおやしき》に行ってみましょう！　手頃なお値段で、旅人に部屋を貸していると聞いています」

こちらを振り返りざまにくるりと回転し、ジェスは待ちきれないように歩みを早める。

〈部屋が空いてるといいな〉

「そうですね……あ、ワインハウスですって！　今夜はここに来てもいいかもしれません」

豚に向かってハイテンションで話しかけるジェスを、道行く人が不審そうに見ている。

〈飲みすぎないようにしろよ、女の子一人なんだし……〉

「大丈夫ですよ。私には豚さんがいますから」

豚にあんまり期待しすぎるのもどうかと思うが……ジェスには一度、イケメンに酔わされた前科がある。あいつがクソ童貞だったからよかったものの、あのとき俺は部屋から閉め出されて、何もできなかった。

そういえば今、あのイケメンは――

「デートのときに他のことを考えちゃダメですよ。そんなんだから童貞さんなんです」

ジェスに突然罵られ、思わずブヒッと反応してしまう。

〈これはデートだっけか〉

「それ以外の何だと思ったんですか」

拗《す》ねたように頬を膨らませてみるジェス。

おかしい。彼女いない歴イコール年齢の眼鏡ヒョロガリクソ童貞がデートをしている。

しかもデート相手の美少女に童貞と罵られている。こんな天国のようなシチュエーションがあっていいのだろうか。

「そんなに童貞さんと言われたいのなら、そうお呼びしてもいいんですよ」

いいの？？？

〈豚を童貞さんって呼んでる女の子はどう考えてもおかしいだろ。せめてお兄ちゃんとかにしてくれ。豚になってしまった兄と旅をしている少女、っていう設定なら、そこまでおかしくないはずだ〉

「確かに……？」

単にお兄ちゃんと呼ばれてみたいだけなのだが、多少無理があったか。

「さっきから地の文は全部聞こえているんですが……いいですよ、お兄ちゃん」

ブッヒイイィィーーーーーー！

最近、ジェスはずっとこんな感じだ。やたらとサービスがいい。いや、ずっと前からサービス精神の塊《かたまり》みたいな子なのだが、今はそれに輪をかけて献身的だ。もちろん、俺もそれに甘えすぎるのは嫌なので、嗅《か》ぎまくりたいとか舐《な》め回したいとか、そういうことは言わないようにしている。

言わないだけで、伝わってはいるのだが……。

ジェスの耳がほんのり赤くなった。直後、何か閃《ひらめ》いたかのようにポンと手を打つ。

「あ！」

〈どうした〉

こちらを向いて、ひとこと。

「これはらぶこめですか？」

昨晩の会話を踏まえてのことだろうか。おかしなことを訊《き》くものだ。まあ、地の文を追及されるよりはマシだろう。

〈さっきのやりとりなら、ちょっとラブコメっぽいかもしれないな〉

「そうですか、らぶこめですか……」

ジェスは噛《か》み締《し》めるように言って、嬉《うれ》しそうに笑った。

旅の時間はゆっくりと流れる。会話がラブコメっぽいかどうか、というようなことしか気にしなくていい日々はとても平和で、居心地がよかった。

危険からも、謀略からも、戦争からも解放された旅。

星を追いかけて北を目指すなんて、まるでおとぎ話みたいだ。

ラッハの谷《たに》はメステリアの北部《ノザン》だが、兵士の姿は見当たらない。

王朝―解放軍連合と北部勢力との争いは闇躍《あんやく》の術師の封印をもってひとまず終結し、ここラッハの谷《たに》を含め、メステリアの街は静かすぎるほどの平穏を取り戻しているようだ。

「あちらの小路《こみち》から丘を登るみたいですね。行きましょう！」

木の案内板を見て、ジェスが弾んだ声で前を指差した。

石畳の大通りから脇に逸《そ》れる、砂利を敷いただけの細い坂道。豚の目線だと、両脇を枯れ葉の残ったブドウの蔓《つる》に覆われて、見晴らしはよくない。それでも登っていくと、枯れ葉の隙間から、小さな街並みとゆったり流れる川が見えるようになってくる。

「ブドウは全部、もう収穫されてるみたいですね……」

〈秋にブドウを収穫して、それを発酵させてワインを造るはずだ。今ごろいい感じのワインができてるんじゃないか〉

「なるほど、それは楽しみになってきました。うふふ」

大丈夫だろうかこの子……。

ブドウ畑の間をジグザグと登っていくと、前方に大屋敷《おおやしき》が見えてくる。屋敷《やしき》というよりは、城に近い。丘の頂上に頑丈そうな石垣が巡らされ、なかば小さな街のようだ。その中に、石造りの建物がいくつか連なっている。中央にはきれいなとんがり屋根の塔があり、これが古城感を醸《かも》し出《だ》している犯人だった。

「見えますか？　あそこに幽霊さんが出るというお話でしたよね！」

〈幽霊がそんなに楽しみか？　ものを盗むみたいな話もあったじゃないか。船のおっさんも言ってたが、一応、気を付けておけよ〉

「ええ、大丈夫です。大切なものは、肌身離さず持っていますので」

ジェスは笑顔で鞄《かばん》を背負い直した。

「――あれ？」

突然立ち止まったジェスに、訊《き》く。

〈どうした？〉

「今、ブドウ畑をあっちに走っていく人影が見えたような……」

ジェスの指差す方向は、豚視点ではブドウの枯れ葉に遮られて見えなかった。

〈どんな姿だった？〉

「白い服を着て、金髪の、女性のようでした」

〈一人だったか？〉

「ええ……もしかすると、早速幽霊さんかもしれませんね！」

〈普通の人だと思うけどな……〉

幽霊を信じていない身としてはそう思うが、しかしここはメステリア、剣と魔法の国だ。幽霊くらい、本当にいてもおかしくないのかもしれない。

道を進んで、城門といった趣《おもむき》の扉をくぐり、俺たちは大屋敷《おおやしき》に入った。建物に囲まれた中庭を経由して、看板のある大きな建物へ至る。中に入ると、明るい灰色の石材と温かいランタンの炎がおしゃれな、小さなホールになっていた。フサフサとした茶髪の、細身の中年男性が、テーブルに向かって何やら書き物をしている。執事のような黒いジャケット姿だ。

「おや、いらっしゃいませ。旅の方ですかな」

男は立ち上がり、ジェスに向かって微笑《ほほえ》みかけた。

「ええ、こちらでお部屋を借りられるというお話を聞きまして」

「そうでしたか。おっしゃる通り、宿もやっておりますよ」

ジェスは嬉《うれ》しそうに手を合わせる。

「こちらのお屋敷《やしき》に一晩泊まれないかと思っているのですが……お部屋は空いていますか？」

気のよさそうな男はフサフサの髪を撫《な》でつけ、肩をすくめる。

「もちろんもちろん。あなたの他には一組高齢のご夫婦がいらっしゃるばかりで、ほとんどすべてのお部屋が空いております。まったくこんなご時世ですから、商売あがったりですよ」

「では一部屋、お願いします」

男の視線が、ジェスの周囲を少し迷った。

「泊まるのはお嬢さん一人かな？」

「はい、一人です」

ジェスは言って、俺に微笑《ほほえ》みかける。男が俺の方を見て不思議そうな顔をしたが、俺はただの豚のフリをし続けた。中身が人間とバレなければ無料で泊まれるだろう。

「分かりました。ではせっかくですから、一番奥の、見晴らしのいい特別なお部屋をご用意しましょうかな。最高級の絨毯《じゅうたん》が敷いてありますので、土を落としていただけると助かります」

ジェスは慌てて手を振る。

「そんな、私、いいお部屋でなくても大丈夫です！」

いえいえ、と男はジェスに向き直る。

「普段なら一〇倍の宿賃をいただくお部屋なのですが、今晩はおそらく、あなたを含めて二組しかいらっしゃいませんでしょうし……もちろん、普通のお値段でご奉仕しますよ」

「えええ、いいんですか？」

「特別なお部屋は二つだけですので、ご夫婦の隣のお部屋になってしまいますが、それでもよろしければ」

「ありがとうございます！」

ジェスが代金を払って鍵を受け取ると、男は奥へ続く廊下を手で示した。

「私はこの屋敷《やしき》の支配人のディオンと申します。お部屋までご案内しますよ」


「わわわ、すごい、こっちにもお部屋があります！」

王宮に住んでいたとは思えないはしゃぎっぷりで、ジェスは俺に笑いかけた。

案内された部屋は、寝室、居間、書斎の三つに分かれていて、それとは別に浴室までついている。落ち着いた色の調度品が、石壁の部屋に静かな贅沢《ぜいたく》さを添える。床には深紅の絨毯《じゅうたん》。

支配人が暖炉に火をつけてくれたため、部屋は少しずつ暖まってきた。暖炉の奥にしまわれている赤のリスタによって、一晩は炎が消えないようになっているのだという。客室のためにリスタを使うということはかなり恵まれたお家《うち》なんでしょうね、とジェスは推測していた。

しばらく暖炉にあたってから、改めて部屋を振り返る。確かに家具はどれも凝っていて、値が張りそうだ。背もたれの高い椅子から、脚の先端がくるりと巻いたテーブル、そしてなぜか裏返しに置かれている姿見まで、木製のものには精細な彫刻が施されていた。

居間と書斎のガラス窓からは、ラッハの谷《たに》を一望することができた。ジェスの用意してくれた椅子に上って外を見ると、オレンジ色に変わり始めた西日が、街の三角屋根と川をキラキラと輝かせている。

「絵みたいな風景ですね！」

隣で歓声を上げながら、ジェスは窓を開けようとした。だがうんうんと苦戦している。

「あれ……鍵がかかっているんでしょうか」

〈その取っ手を持ち上げながら開くんじゃないか〉

「あ、本当ですね」

ガチャコンと、窓が外に開いた。ジェスは身を乗り出す。冷たい冬の風が吹き込んできて、同時にジェスの少し伸びた金髪をさらさらと流した。美少女のいいにおいが漂ってくる。

「美少女じゃないですし、いいにおいはしませんので……」

鼻をクンクンさせる俺を見て、ジェスが引き気味に言った。

美少女は美少女だし、美少女の髪からいいにおいがしないわけがないのだが……。

ジェスは恥ずかしそうに窓から離れてしまった。風に煽《あお》られて窓がバタンと閉まり、その勢いで取っ手も下がる。

「風が強いですね」

〈景色がいいぶん、この丘の上じゃ風を遮るものは何もないからな〉

「夏は涼しくて気持ちがいいかもしれませんね」

言いながら、ジェスはぼふんとソファーに沈み込んだ。座り心地を確かめたかっただけなのか、すぐに立ち上がって俺を見てくる。

「ゆっくりしたいところですけど、せっかくなのでディオンさんのおっしゃっていたワイン蔵を見に行きませんか？」

俺は頷《うなず》く。この大屋敷《おおやしき》の地下は自慢のワインを熟成、保存するための蔵になっているそうで、ぜひ見ていってほしいと支配人が言っていたのだ。

戸締まりをして先ほどのホールに戻ると、ディオンは相変わらず紙に向かって何かを書いていた。足音に気付いたのか、こちらを見てにっこりと笑う。

「ああお嬢さん。ワイン蔵かね？」

「ええ、夕飯に行く前に、立ち寄ってみようかと思いまして」

「ぜひぜひ。おーいニュー！　案内して差し上げなさい」

ディオンが奥の方に声を掛けると、しばらくして、ディオンによく似た細身の少年が気だるそうに歩いてきた。白いシャツと黒のズボンに、革のコートを羽織っている。歳《とし》はジェスよりいくつか下だろうか。髪は茶髪のロン毛で、ディオンと同様フサフサしている。

「何、どこを？」

ニューといったか。ディオンに対する口調からして、息子だろうか。

「ワイン蔵だよ。ご案内して、鍵を開けて差し上げなさい」

「はいはい」

わざとらしくため息をついてからジェスの方を振り返った少年は、はっと動きを止めた。ジェスに微笑《ほほえ》みかけられると耳を赤くして、すっと視線を逸《そ》らす。

おい、惚《ほ》れるな少年。一目惚《ひとめぼ》れガチ恋オタクか？

わざとらしく豚鼻を鳴らしてみるが、ニューは俺のことなど眼中にないようで、ジェスに近づいて目を逸《そ》らしたまま言う。

「行くから、ついてきて」

不愛想《ぶあいそ》を装《よそお》って、ニューはとっとと歩き始めてしまった。

慌てた様子で、ディオンがジェスに小さく頭を下げる。

「息子のニューです。愛想《あいそ》が悪くて申し訳ありませんね。この間から、出ていったイエスマの代わりに屋敷《やしき》の仕事をさせているんですが……どうにも向かないようで」

「いえ、わざわざありがとうございます」

ジェスはニューを見失わないように、小走りでその後を追った。俺も続く。

「ディオンさんはお忙しいみたいですね。ワインの出荷量を計算されているようでした」

〈なるほど、ずっと何か書いてると思ったが、書き入れ時だもんな〉

ニューの消えていった階段を下ると、シャイな少年は一番下で俺たちを待っていた。

天井の低い、灰色の石材に囲まれた薄暗い空間だ。

「なんか話してたけど、誰か一緒なの？」

ジェスとは目を合わさずに、ニューが訊《き》いた。

「あ、いえ、ちょっと……独り言です」

ジェスは笑って誤魔化しながら俺の方を見下ろした。ニューもつられるように俺を見てきたが、首を傾《かし》げて先へ進む。ジェスが会話している相手は豚だ。この少年も、まさか俺が考える豚だとは思いもしないだろう。

なんだか少しだけ、ジェスの隣は居心地が悪いように感じた。

トントン、コツコツ、と二人の足音が響く。

「女なのに、こんなとこに独りで来たんだ」

ランタンを持って薄暗い通路を歩きながら、ニューが言った。

「ええ、北へ向かって、旅の途中なんです」

「若そうに見えるけど、危なくない？」

無邪気に訊《き》いている様子で、特に悪い男ではなさそうだった。

「こう見えて私、とっても強いんですよ」

〈確かに、この屋敷《やしき》くらいならジェス一人で爆散させられそうだな〉

少年には聞こえない俺の小言に、ジェスはふふっと少しだけ笑った。

ジェスが魔法を使えるとは露ほども知らない少年は、ジェスの言う「強さ」に興味をもった様子だった。

「安全に旅するのに、何かコツとかあるのかな」

おかしなことを訊《き》く少年だ。

「そうですね……やっぱり、心強い方と一緒にいるのが一番だと思いますよ」

いないじゃん、という訝《いぶか》しげな顔で、ニューはジェスを振り返った。

「まあいいや。ここね、ワイン蔵。見終わったら、言ってくれれば鍵閉めるから」

それだけ言うと、腰のホルダーからジャラジャラと鍵束を取り出して、アーチ状になった石壁を塞ぐ木の扉を開ける。

「蛇口がついた樽《たる》のは飲んでいいけど、ほどほどにね。飲みすぎても助けに来ないよ」

ランタンをジェスに手渡すと、ニューはさっさと来た道を戻っていった。

ワイン蔵への入口の上には、メステリアの言葉で格言らしきものが書いてあった。

「渇きを満たして生きるだけなら、ただ水だけがあればよい……」

ジェスが音読した。

「どういう意味でしょう？」

〈対偶を取ってみるといいんじゃないか〉

「たい……何ですか？」

〈対偶だ。「○○なら××」っていう文章は、「××じゃないなら○○じゃない」に言い換えられるんだよ。「ジェスならば貧乳」というのが正しければ、「貧乳じゃないなら、ジェスじゃない」も正しいだろ〉

「怒りますよ？」

ジェスの持っているランタンの炎がメラリと大きくなった。

〈焼かないで……例えばの話だから〉

「あ、すみません、そうですよね。せっかく説明してくださってるのに……」

今のは完全に俺が悪いし、ジェスが謝ることはないと思うが……。

〈話を戻そう。この標語の対偶を取るとどうなる？〉

ジェスはもう一度視線を上げる。

「意味と前後を反対にすればいいんですよね……とすると……水以外のものがあるなら、ただ渇きを満たして生きているわけではない……ここにはワインがあります。私たちは渇きを満たすだけの存在ではない、と言いたいのでしょうか」

理解が早い。

〈そうだろう。ワインという文化は、人間が喉を潤すだけでは満ち足りない贅沢《ぜいたく》な生き物だと

いうことの証拠になる——そういう話だろうな〉

「なるほど……じゃあ、胸の大きさをどうこう言う豚さんも、おっぱいがあるだけでは満ち足りない贅沢《ぜいたく》な生き物ということになりますね」

いやいやそうはならんやろ。

〈入ってみよう〉

俺の提案に、ジェスはにっこりと頷《うなず》いた。

ワイン蔵は石造りの地下室で、暗い室内の左右の壁に大きな樽《たる》がずらりと並んでいる。濃密な果実の香りと、樽《たる》のオーク材の香りが心地よい。ジェスは扉を閉めるとランタンを床に置き、右手を優しく振った。

ジェスの手の平から連続していくつも光の玉が飛び出し、フワフワと天井付近に移動してワイン蔵全体を照らし出した。蔵は何十メートルも先まで続いているようだ。

「たくさんありますね、一人だと、飲み切るのに何年かかるでしょう……」

恐ろしいことを呟《つぶや》きながら、ジェスは興味《きょうみ》津々《しんしん》で足を進める。

「この辺りにあるのが今年のワインですね。樽《たる》に一二九と書いてあります」

一二九——王暦一二九年。

一人の少女の願いが、メステリアに波乱を巻き起こした年である。その波乱は、少女の父親の死とともに収束した……。

蛇口のついた樽《たる》を発見したジェスは、嬉《うれ》しそうな声を上げて、二リットルは入りそうなガラスのジョッキを魔法で出現させる。

〈え……まさかそれで飲まないよな〉

恐る恐る訊《たず》ねると、ジェスは悪戯《いたずら》っぽい目でこちらを見る。

「冗談ですよ、冗談」

見る見るうちにジェスのジョッキが縮んでいき、小さめのグラスサイズになった。

安心している俺の隣で、ジェスは鮮やかな赤色の液体を樽《たる》から注ぐ。

「うふふふふ」

飲む前からすでに危ない感じだが、本当に大丈夫だろうか。


「ぽっかぽかですね～、冬じゃないみたいです～！」

夕暮れのブドウ畑をスキップしながら下っていくジェスは、どう見ても大丈夫な感じではなかった。風は冷たいが、ジェスはモフモフのコートから簡単なジャケットに着替えてしまっている。その下は昨晩の白いドレス姿だ。酔いで血管が拡張し、身体《からだ》が温まっているのだろう。

俺もワイン蔵に漂うアルコールにやられたのか、フワフワと夢心地だ。

「あっっ、あそこが私たちのお部屋ですよ～！」

「っ」と文末の「〜」は余計な気がするが、細かいことは気にしない。ジェスの指さす方を見上げると、切り立った城壁の上、かなり高いところに、白い花の咲く鉢植えで飾られた窓がある。俺たちの泊まる部屋で間違いないだろう。四つの窓が隣り合っている。俺たちの部屋の居間と書斎、そして老夫婦が泊まっているという隣室の居間と書斎で、合わせて四つ。

振り返ると、いつの間にかジェスは先に歩き始めていた。酔っ払いめ。

今年、去年、一昨年と三種類のワインを堪能《たんのう》してしまった少女の後を追って、俺もブドウ畑の丘を下っていく。青と水色の柄で飾られたジェスお気に入りの白いドレスが、夕方の鮮烈な赤色に照らされてひらひらと美しく踊っていた。

およそ二時間後。

目を付けていたワインハウスで夕飯とさらなるワインを楽しんだジェスは、俺を引き連れてルンルンと帰路の丘を登る。そのころには、すっかり空は暗くなり、ブドウの枯れ葉が月明かりに白く照らされていた。それよりも明るく輝いているのが、白いドレスを着たジェスだ。夕暮れのときは枯れ葉に溶け込むような赤色に染まっていた純白の生地だが、今は月光を取り込んでいるかのように、闇の中で青白くはっきりと浮かび上がって見える。

「あああっっっっ！」

促音《そくおん》マシマシのジェスが突然声を上げ、俺は驚いて立ち止まる。

〈どうした、大きな声出して〉

ジェスは声を潜めて、前方を指差す。

「あちら！　ほらっ、見てください」

ブドウ畑の中、大屋敷《おおやしき》の方へと、白い何かが動いているのが見えた。相変わらず豚の視点からは見通しが悪いが、それでも今回は月のおかげではっきりと分かった。白い何かは、人の形をしていた。そしてちょうど人が走るようなスピードで、城壁の裏手へと消えていく。

「追いかけましょう！」

やめておけばいいのに、ジェスは白い何かの方へスタスタと走り出す。

〈暗いんだ、足元に気を付けろよ〉

そう伝えたばかりのときに、ジェスが何かにぶつかった。

「すみません！」

大きくバランスを崩して転びそうになるも、ジェスはなんとかもち直す。飛び出してきた誰かとぶつかってしまったようだ。

「こんな夜に走るなよ。危ないだろ」

気だるげな声には聞き覚えがあった。大屋敷《おおやしき》の支配人の息子、ニューだ。

「ごめんなさい、つい……幽霊さんが、見えたものですから」

弁明するジェスに、ニューは立ち上がりながら首を傾《かし》げる。

「幽霊だって？」

「はい、白い服を着た、女の人です。あっちに走っていったんです」

ジェスはまっすぐに、大屋敷《おおやしき》の裏手の方を指差した。

「まさか、そんなのいるわけないだろ」

そちらを確認もせずやれやれと首を振るニューに対し、ジェスは唐突に訊《き》く。

「リドネスさんとは、どなたですか?」

間の悪い沈黙。俺も首を傾《かし》げる。

〈ジェス、何言ってんだ〉

ニューを見ると、こちらは本当に幽霊でも見たかのように青くなっている。

「な……あんたイェスマか?」

「違いますよ。心の声を聞くことはできますが」

少し前屈《まえかが》みになって、ニューの瞳を探るように見るジェス。驚いた様子の少年は、さっと目を逸《そ》らした。

「酒は本当じゃないことを何でも教えてくれる――親父《おやじ》がよく言ってることだ。何を寝ぼけてるのか知らないけど、飲みすぎない方が身のためだよ」

それだけ言い残すと、ニューは走って大屋敷《おおやしき》の方へ戻っていった。

ジェスはまだ幽霊が気になるのか、辺りをきょろきょろと見回している。

〈……何だ、リドネスって〉

「ニューさんの頭にふと浮かんだ言葉です。人の名前だと思うんですが……」

ジェスは魔法使い。豚だけでなく、人の心の声も読み取ることができるのだ。

〈人の名前が突然頭に浮かんでくることもあるんじゃないか〉

セレスたそに膝枕されたい。

「むっ」

地の文を読んで、ジェスはぷんすこと頬を膨らませる。

「見境のない豚さんはそうだとしても、ニューさんは違うと思います。もしかすると、幽霊さんはリドネスさんというお名前なのかもしれませんよ」

〈まあ確かに、そうかもな……〉

酔いでボヤボヤとした頭では、あまり興味が湧いてこない。幽霊の名前が分かっても、俺たちの得にはならないだろう。

しかしジェスは、相変わらずブドウ畑をじっと見ている。

「見失ってしまいましたね、幽霊さん……でも豚さんも、確かに見ましたよね？」

〈ああ、白い服を着た誰かがいたのは確かだな。幽霊かどうかは知らないが〉

「まだ近くにいるでしょうか」

ジェスは今にも丘を全探索し始めそうな勢いだったが、俺は首を振る。

〈酒を飲んだ身体《からだ》で冬の夜を歩き回るのはよくない。今は温まっているように感じるかもしれないが、血管が広がってるだけで、油断してると身体《からだ》はどんどん冷えるぞ。せっかくいい部屋に入れてもらったんだし、どうだ、上の窓から探さないか〉

しばらく考えてから、ジェスは頷《うなず》いた。

「それもそうですね。お部屋に戻りましょう」

何事にも興味津々《きょうみしんしん》のジェスだが、きちんと分別《ふんべつ》も弁《わきま》えている。俺たちは丘を登り、城門をくぐって大屋敷《おおやしき》に戻った。

入口のホールは、何やら喧《やかま》しかった。

「この椅子の座り心地がわしゃ一番いいと言っとんだわさ！」

「だからあんた、ここは部屋じゃなくてホールでしょうよ。ここで寝るつもりなのかえ」

「この椅子で寝る言っとんだわ。なして歩かにゃならんのさ」

顔をまだらに赤くした白髪の老人が椅子にだらしなく座り、その前できれいに着飾った老婦人が腰に手を当てて怒っている。老婦人はジェスに気付くと、小さく会釈《えしゃく》をした。

状況から推測するに、どうやらこの老婦人は、酔って話の通じなくなった夫が部屋に戻ろうとせず、手を焼いているらしい。

「あの……何かお手伝いしましょうか？」

ジェスが控えめに訊《き》いたが、老婦人は諦め顔で首を振る。

「いいんですのよ、いつものことですから。もうすぐ大人しくなるの」

「誰が大人しくだっと？　わしゃ昔は海上の獅子《しし》ちゅう二つ名で勲章だって――」

「はいはい分かったからあんた、獅子《しし》ならもも少しちゃんと座りなさいな」

世話を焼く老婦人に行っていいですよと促され、俺たちはその場を離れて部屋に戻った。

部屋に帰るとすぐ、ジェスは窓から外を確認する。

〈何か見えたか〉

訊《き》いてみるが、ジェスは残念そうに数歩下がって、革張りのソファーへ沈み込んだ。

「いえ、幽霊さんは見えませんでしたね……」

〈やっぱりただの通行人だったんじゃないか〉

「こんなブドウ畑の丘の上で、ですか？　お客さんは、私たちとあのご夫婦しかいないでしょうに」

確かに、謎ではある。

覚束《おぼつか》ない脳みそでありそうな説明を考えていたら、ジェスがぼそりと言ってくる。

「ちょっと羨ましかったです、あのご夫婦」

見ると、ジェスはむくれてドレスをいじっていた。

〈ジェスもあれくらい酔っぱらいたかったのか〉

「違います！　……ずっと一緒に連れ添って、お互いのことを分かってる、って感じがしたじゃないですか」

ジェスの手がソファーの隣を軽く叩《たた》いた。

「いいなあ、と思いまして」

ワインのせいか、ジェスはやたらとペラペラ喋《しゃべ》る。

〈まあ老夫婦だからな〉

ので、俺はそこへ行って丸くなった。

撫《な》でてもらえるかと思ったが、ジェスは窓の方を向いたままドレスをいじり続ける。セレスのことを思い出したのがよくなかったか。膝枕もお預けのようだ。

窓の外では、冬の風に吹かれて、薄雲が月の前を滑るように通り過ぎていく。

ぼんやりと、老夫婦のことを思い出す。ジェスの言うことも分からなくはない。一言で言えば、お似合いの二人だった。二人でいることがとても自然で、それを二人とも分かっている感じがして……いいなあ、と俺も思った。あの老夫婦が羨ましかった。

長い沈黙。

「あっ」

と、突然ジェスが声を漏らした。

〈どうした〉

「いけません、ドレスが汚れていました」

起き上がって見ると、ジェスの白いドレスの太もも辺りが、泥で黒くシミになっている。せっかくのドレスだが、どうにも落とすのが難しそうな汚れだ。

ジェスが汚れの上に手をかざす。ドレスの繊維がふわりとほどけるように広がって、また複雑な動きをしながら元の生地へと戻っていった。汚れとなっていた土の成分だけが宙に取り残される。ジェスが手を振ると、土は風に吹かれるように消えた。

〈魔法って便利だな……〉

そんな話をしていると、廊下から老夫婦の口論が聞こえてきた。

「まだ飲む気なのかえ！　二度と起きられなくなるよ」

「なーに言っとるんか。酒が飲めんなら死んだ方がマシだわさ」

先ほどよりも幾分か穏やかになった老人のしわがれ声。

「馬鹿言いなさんな、死んだら酒も飲めんでしょうよ」

話し声は少し離れたところで止まり、扉の開閉音を境にいくらか遠くなった。しかし隣の部屋に隣接している書斎の方から、壁越しにまだ口論が漏れてくる。お互い口が達者なようで、落ち着いたトーンではあるものの、応酬が絶えることはない。

老夫婦の口喧嘩《くちげんか》をおかしく聞いていると、その声が再びヒートアップしてきたのに気付く。声はやがてこちらにもはっきり聞こえるくらい大きくなって、遂《つい》にはどちらかが走って廊下へ飛び出し、去っていった。

呆然《ぼうぜん》としていると、足音が戻ってくる。しかし一人分ではない。数人——おそらく三人分の足音だった。引き出しを開けたりするガチャガチャという音が聞こえてきて、俺とジェスは顔を見合わせる。

ただの口論ではなくなったようだ。

こうなっては気が気ではない。俺たちは廊下に出た。隣の部屋の扉は開けっぱなしで、薄暗い廊下に居間の灯《あか》りが差し込んでいる。

「どうかされましたか？」

ジェスが声を掛けると、中から支配人のディオンが出てきた。

「騒がしくてすみません。ご婦人が指輪を失《な》くされたようで……」

「記念日に主人がくれた指輪なの！　ふてぶてしいルビーで好かなかったけれど、旅先に置いていくわけにはいかないんですから！」

部屋の中では、ニューも加わって大捜索が行われていた。老人はこの短時間で酔いが回ってきたのか、ぼけっと椅子に座っている。暖かい部屋で、今にも寝てしまいそうな様子だ。

話を聞くと、老夫婦はさっきまで、この大屋敷《おおやしき》の蔵へワインを飲みに行っていたのだという。その後、入口のホールで老婦人が酔った夫をあやしていた。そうこうしている間に、部屋に置いてあった指輪が消えてしまったのだそうだ。部屋の扉はしっかり施錠《せじょう》していたらしい。

「テーブルに置いてあったのに、失《な》くすわけがないでしょう！」

声を荒げる老婦人に、ディオンが困ったように訊《き》く。

「はっきりと憶《おぼ》えていらっしゃるんですか」

「そうですとも。主人と違って、私はそんなにお酒を飲まないんですの」

「お手回りにあるということは……？」

「ありませんわ。ハンカチを広げて、その上に置いたんですもの。ハンカチだけ残して指輪を持って行くなんてことがありますかえ？」

「しかし、鍵を閉めていたということでしたら……」

困った。このまま騒がれていてはうるさくて落ち着かない。

部屋に少し入ったところでジェスとともに突っ立っていると、老婦人があっと声を上げる。

「風が冷たいと思えば……」

窓がわずかに開いていた。老婦人はそそくさと窓辺へ行って、バタンと窓を閉める。取っ手がガチャリと下がって、窓に鍵がかかった。

「あら」

何かに気付いたように、老婦人がディオンを見る。

「扉の鍵は閉めましたけれども、窓の鍵は開いていましたね」

「そうかもしれませんが、この外は絶壁ですよ。ほら、この通り……」

ディオンは老婦人の隣に行くと、再び窓を開けた。そしてフサフサの髪を夜風になびかせながら下を示す。

「……ん？」

ディオンは何かに気付いたようだ。

「どうされましたか？」

ジェスもそちらへ向かう。俺はその後に続いた。

ディオンは窓の外の何かを気にしているようだが、豚の目線ではそれが見えない。ありがたいことに、ディオンは手を伸ばして、見ていたものを部屋に取り入れた。

それは横長の植木鉢だった。白い花が植わっているが、傾いてしまったのか、半分は土がこぼれて、花もなくなっている。

嫌な予感がした。

そして嫌な予感は的中し、ディオンは眉をひそめてジェスを見る。

「絶壁なので、下から上がることはできませんが……隣の部屋から窓伝いに移動することはできますな」

盗まれた指輪。開いていた窓。荒らされた鉢植え。状況証拠は、明確に隣の部屋の俺たちを犯人に仕立て上げていた。そして豚は、窓伝いに移動したりできない。

「えええ、ちょっと待ってください！　私、盗みなんてしません！」

慌てるジェス。ディオンも鉢植えを床に置き、困った様子で頭を下げる。

「これは申し訳ありません、お客様を疑うなど……ただ、可能性を申し上げただけで……」

しかし他に可能性がないのだとすれば、ジェスが犯人ということになる。

老婦人は不審そうな目つきでジェスを見た。

「そもそもあなた、どうしてこんなところに独りで泊まっているの？」

ジェスはおろおろしながら俺を見る。全員の訝《いぶか》しげな視線が俺の方へ向けられるのを感じる。俺はどう見ても場違いな存在だった。唯一の旅のお供が豚、というのが、ジェスの怪しさに拍車をかけているに違いない。

俺は少し、豚足の置き場に困るような、むずむずとした居心地の悪さを感じた。

――豚さん、どうしましょう
〈大丈夫だ、ジェスが犯人じゃないのは俺がよく知ってるさ。真実には必ず証拠がある。どうにかして、潔白を証明しよう〉

とはいえ、豚が証言するのもおかしな話だし、グルだと言われればそれまでだ。

沈黙。ジェスはあわあわと弁解の言葉を探している。

「鉢植えの土がこぼれてたなら」

と口を開いたのはニューだ。下を向いたまま、平坦《へいたん》な口調で言う。

「服を調べたら。服が土で汚れてれば、こいつが盗んだってことになる」

呆然《ぼうぜん》と立っているジェスの白いドレスを、老婦人が目を皿にして確認した。しかし土汚れはついていない。

「汚れはないようですわね」

当たり前だ。さっきジェスが魔法で落としたのだから。

少年の方に目を向ける。一瞬だが、驚きの色が見えた気がしたのだ。ジェスはといえば、完全にうろたえてしまって、反論どころではなさそうだ。

「脱がしゃあよかろ！」

じっと座っていた酔っ払い老人が、突然大きな声で言った。

……は？

「盗《と》ったんなら、今も持っとんのじゃろ。盗《と》っとらんのなら、持っとらんのじゃろ。隅から隅まで身体《からだ》ぁ調べりゃいいのさ。持っとらんのだったら帰したれ」

「え、そんな……」

かわいそうなジェスは怯《おび》えて後ずさりした。

脱がすだって？　身体《からだ》を隅から隅まで調べる？　そんなことさせるものか。

ジェスの裸を見ていいのは俺だけだ。

血が沸きたつ。なんとしてでも、ジェスの潔白を示してやる。犯人の当てはついた。単純な話だ。あとは順序よく論理で詰めればいい。そのためには……。

〈ジェス、俺が伝える通りにしゃべるんだ〉

俺には腕時計型麻酔銃も蝶《ちょう》ネクタイ型変声機も必要ない。俺がジェスの代わりに推理して、ジェスが俺の代わりに話せばいいのだ。

〈いいか、まずは……〉

簡潔にやるべきことを伝えた。

ジェスはごくりと唾を飲んで、口を開く。

「ちょっとお待ちください……私が今夜の出来事を説明します」

おそらく予想していたよりも力強いジェスの反論に、人々の目が釘付《くぎづ》けになった。

関係者全員が集まった一室で、名探偵ジェスが慎重に語り始める。

「まず、確認です。はっきりさせたいことがあります」

開き直ったような口調に、老人が顔をしかめる。

「何じゃい、小娘が分かったような口を……」

ジェスは少したじろぎながらも、まっすぐにニューの方を向く。

「窓を開けたのは、ニューさんですね。窓は最初から開いていたわけではありません。さっき指輪を捜している間に、ニューさんが窓を開けたんです」

まさかの反論に、空気が凍り付いた。

「なんで？」

——豚さん……

仏頂面《ぶっちょうづら》でそう言い返すニューの額には、脂汗が浮かんでいた。

「この部屋は暖かいですよね。もちろん暖炉があるからです。でも、こちらのご夫婦がワインを飲みに行った間、ずっと窓が開いていたとしたらどうなるでしょう。窓を開ければ、外からはとても冷たい風が吹き込んできます。部屋の温度は下がってしまうはずです。この部屋は暖かいのですから、窓は閉まっていたことになります」

対偶だ。

老婦人が思い出す。

「確かにそうですよ。この部屋に戻ってきたとき、暖かくて安心したのを憶《おぼ》えています、ねえ、あんた」

「んだ」

むにゃむにゃと言う老人。ニューの顔は青ざめていた。その口は震えて開かない。

ジェスは俺が伝えた通りに、少年を追い詰める。

「ニューさんは、この部屋の鍵を持っていますね。ワイン蔵を開けてくださったとき、鍵束を取り出したのを私は見ています。ディオンさんはニューさんにこのお屋敷《やしき》の管理を任せているとのことでしたから、その鍵束にはお部屋の鍵も含まれているんでしょう。違いますか？」

推測通りだったようで、ディオンが狼狽《ろうばい》した表情で息子を見る。

「ニュー、お前まさか……」

「でも、ニューさんは犯人ではありません」

ジェスは断言した。ニューを含めたすべての人間が、意味を分かりかねた様子だった。老夫婦の不在中に窓が閉まっていたのならば、部屋の鍵を持っているニューが怪しいはずだ。

しかしジェスは、俺の筋書き通りに論を展開していく。

「ニューさんには動機がないからです。この大きなお屋敷《やしき》の跡継ぎですし、盗みを働くほどお金に困っているわけではないでしょう。それに、盗みによってこのお屋敷《やしき》の評判が落ちて困るのは、結局はニューさんです。鍵を持っていれば疑われる可能性が高いのですから、わざわざ自分のお屋敷《やしき》でお客さんのものを盗むとは到底思えません」

「それならば、誰がやったというのですかえ」

老婦人に問われ、ジェスは真剣な顔で言う。

「幽霊さんです」

ぽかんとする一同。

「このお屋敷《やしき》には幽霊さんが取り憑《つ》いています。物を盗んで悪戯《いたずら》する幽霊さんです。ニューさんは今夜うっかり、幽霊さんに鍵束を盗まれてしまったのではありませんか」

もちろんそんなわけはない。真っ赤な嘘《うそ》だ。ジェスはニューを見て、心の声で伝える。

──私は真実を知っています。解決のお力になります。ここは頷《うなず》いてください
追い詰められたニューに選択肢はない。こくりと頷《うなず》いた。

「幽霊ですって？　そんなこと信じられますかえ」

侮辱されたとばかりに顔を赤くする老婦人。その後ろで、突然大きな音がした。冗談みたいなタイミングで、テーブルの上のランプが、ひとりでに倒れたのだ。続いて、入り口の扉がギイと開いた。扉の近くには誰も立っていない。

狙い通り、老夫婦も、ディオンも、ぎょっとして青ざめている。

「ニューさん、正直に言ってください。窓の鍵を開けたのはニューさんですね。でもそれは、私に罪をなすりつけるためではありません。窓の外に、幽霊さんが見えた気がしたからです」

——頷《うなず》いてください

ジェスに伝えられるがまま頷《うなず》くニュー。すべては俺の計画通りに進んでいた。反応を先読みしながら場を乱し、主導権を握って人を思うように操る。いつかセレスのもとからノットを奪い取ったときに使ったのと、同じ手法だ。

支配人のディオンは混乱したようにフサフサの頭を抱える。

「ゆ、幽霊だなんて……とても信じられません……ですが実際に……」

ランプがひとりでに倒れ、誰も触っていない扉が開いた。もちろんジェスの魔法だ。幽霊ではなく、俺とジェスが創り出した幻影だ。

「ニューさんがさっき窓の鍵を開けたのですから、私が壁伝いにこの部屋へ入ったということにはならないはずです。私の疑いは晴れました。少し時間をください。ニューさんと私で、指輪を必ず幽霊さんから取り返してみせます」

ジェスがあまりに自信満々で言うものだから、老婦人とディオンはこくりと頷《うなず》いた。

「ニューさん、行きましょう。手伝ってほしいことがあるんです」

ジェスはニューの白い手を取って、廊下に出た。俺も続く。

〈演技派だな〉

俺が伝えると、ジェスはこちらを振り返ってウインクした。

廊下を歩いて、老夫婦の部屋を離れる。俺たちはニューを連れて適当な空き部屋に入った。

〈さあ、手早く真相を話そう〉

部屋は寒く、月明かりだけで薄暗い。ジェスはニューをソファーに座らせ、自分も隣に座った。俺は絨毯《じゅうたん》の上にお座りして、ジェスに言うべきことを伝える。

「指輪を盗んだ犯人はニューさんですね。お部屋の鍵を持っていたんですから、盗みに入るのは簡単でした。でも、そのままでは自分が疑われるかもしれないと思ったんですよね。だから窓を開けたり、鉢植えを傾けたりして、私が疑われるように仕向けたんです」

正確を期するために、付け加える。

「ニューさんがさっき窓を開ける羽目になったのは、風が強くて、盗んだときに開けておいた窓が再び閉まってしまったからかもしれませんね」

この屋敷《やしき》の窓は外開きで、強い風が吹けば勝手に閉まる。鍵代わりの窓の取っ手も、窓が閉まると自動で下がってロックがかかってしまうのだ。

そしてそうすると、状況証拠が一つ減ってしまう。老夫婦が部屋を離れたときに窓が開いていたという嘘《うそ》を説明しなければならなくなる。

ニューは何も反論しない。

「確信したのは、私の服が汚れているかもしれないとニューさんが言ったときです。心の声は伏せていたようですが、私の服が汚れていないと知ったときには、驚きを隠しきれていませんでしたね。それもそのはずです。ブドウ畑で私とぶつかったとき、ニューさんは確かに、私の服に泥をつけて汚したはずだからです」

老夫婦をワイン蔵へ案内した後、ニューは持っていた鍵を使って指輪を盗み、そこで窓を開け、鉢植えを崩して、隣室のジェスがやったかのように偽装工作をした。その補強をしようと、ジェスのことをブドウ畑で待ち構えていたのだろうか。念には念を入れようとして、墓穴を掘った形になる。しかしこれは、ニューの落ち度ではない。まさか、ジェスが魔法で泥を瞬時に取り除けるなんて、思ってもみなかっただろうから。

うっ、と詰まるような声が聞こえた。ニューが泣いている。

「ごめんなさい……」

ニューはジェスに罪をなすりつけようとしたのだ。それなのに、ジェスはニューの肩に優しく手を置いた。涙で濡《ぬ》れた少年の顔がジェスに向けられる。

天使のような声で、ジェスは囁《ささや》く。

「盗んだ指輪は、あのご夫婦にお返ししましょう。大事にならないよう、私が手伝います。指輪を渡していただけませんか」

「……外に、ある」

ニューは鼻声で言った。

「取ってきていただけませんか」

「分かった」

下を向いて、ニューは部屋を出ていった。

暗い部屋は、途端に静かになった。

〈万が一、疑いを向けられたときに、自分が指輪を持っていたら大変だ。だから外に隠したんだろうな〉

推測する俺に、ジェスは笑いかけてくる。

「豚さんは何でもお見通しですね」

〈何でもは見通せない。見通せることだけだ〉

委員長風にカッコつけてみると、ジェスは文字通り胸を撫《な》で下《お》ろした。

「安心しました」

〈ん？　何か隠し事でもあるのか〉

「あ、いえ、服を見通されると困りますので……」

たった一つのおぱんつ見抜く、見た目は家畜、頭脳はオタク。その名は……眼鏡ヒョロガリクソ童貞！

〈まあいい、この後の段取りを確認しよう〉

――はい
ニューがいつ戻ってきてもいいように、ジェスはテレパシーで俺に返してきた。

〈指輪を手に入れたら、幽霊を追いかけているかのようにして、あの部屋に飛び込む。魔法で適当に幽霊がいるふうを装《よそお》ってくれ。幽霊があの酔っ払い老人にぶつかったことにして、天井付近に魔法で浮かばせておいた指輪を老人の膝の上に落とす。このとき、ジェスが大騒ぎをするのが重要だ。ジェスに視線を釘《くぎ》づけにしておいて、魔法で天井に浮かせた指輪が万が一にでも見つからないようにするんだ〉

手品でよくやる視線誘導の手法だ。

ジェスは深く頷《うなず》いた。

しばらくすると、お通夜《つや》のような顔をしたニューが部屋に戻ってくる。震えるその手は、大きなルビーのついた指輪をジェスに差し出した。

「人の大切にしているものを、奪っちゃダメですよ」

指輪を受け取って、ジェスはニューの頭をそっと撫《な》でた。

ことは最後まで計画通りに運んだ。幽霊というあまりに突飛な犯人とはいえ、目の前で存在の証拠を見せつけられては信じる他ない。ジェスが除霊師のごとく「もうこのお屋敷《やしき》に幽霊は出ません」と断言すると、みなホッとした様子だった。

俺たちは、自分たちになすりつけられた罪を、幽霊になすりつけ替えることに成功した。それによって、盗みを犯してしまった哀れな少年の人生を守ることができた。そう、少年には同情の余地があった……。

自分たちの部屋に戻る。ジェスはすっかり酔いがさめたようだった。ベッドに腰かけて、床で丸くなる俺に疑問符の浮いた顔を向けてくる。

「あの、豚さん」

〈どうした〉

「私、まだ気になることがあるんです」

そういえば、ジェスにはまだ伝えていなかったことがある。

「豚さんが教えてくださって、私がみなさんにお話しした通り、ニューさんはお金に困っているわけではなく、指輪を盗む動機がありません。どうしてニューさんは、他の人に罪をなすりつけてまで、指輪を盗んでしまったんでしょう」

〈幽霊のためだ〉

俺の返事に、ジェスはぷくっと頬を膨らませる。

「真面目なお話をしているんですよ」

〈俺だって大真面目だぞ〉

「本当ですか」

〈もちろんだ。ジェスだって見たじゃないか、幽霊〉

ブドウ畑で目撃した幽霊。白い服を着た金髪の少女。

〈あれはリドネスというイエスマなんだ〉

「リドネスさん……あっ」

ジェスが幽霊を追いかけようとして、ニューとぶつかったときの会話。

――幽霊だって？

――はい、白い服を着た、女の人です。あっちに走っていったんです

――まさか、そんなのいるわけないだろ

――リドネスさんとは、どなたですか？

――な……あんたイエスマか？

〈幽霊の話になったとき、ニューはリドネスという人のことを思い出した。理由は簡単だ。ジエスの言った通り、幽霊と言われているものの正体は、リドネスだったからだ〉

「なるほど……。でも、どうしてリドネスさんがイエスマだって……」

〈この屋敷《やしき》のそばで隠れ住む事情があるのはどういう人か、考えてみたんだ。そのとき、支配人の言っていたことを思い出した〉

――息子のニューです。愛想《あいそ》が悪くて申し訳ありませんね。この間から、出ていったイエスマの代わりに屋敷《やしき》の仕事をさせているんですが……どうにも向かないようで

「リドネスさんは最近一六の誕生日を迎えて、このお屋敷《やしき》を出ることになった……それでも旅立つのが嫌で、この辺りに留《とど》まっていた……そういうことですか」

〈そうだろう〉

――女なのに、こんなとこに独りで来たんだ

――ええ、北へ向かって、旅の途中なんです

――若そうに見えるけど、危なくない？

――こう見えて私、とっても強いんですよ

――安全に旅するのに、何かコツとかあるのかな

ワイン蔵に向かう途中の会話も、これで意味をなしてくる。

〈ニューはリドネスのことを知っていたんだろう。もしかすると匿《かくま》っていたのかもしれない。いつか旅立たなくてはならないリドネスのために、旅資金が必要だった。リドネスがまだ旅立っていないと知られたくなかったから、秘密裏に金を稼がなくてはならなかった〉

「そういうことでしたか……」

〈渡し船のおっさんが言ってた「大屋敷《おおやしき》の周りには金目のものを盗む幽霊が出る」ってのは、つまりはこういうことだったんだ。大屋敷《おおやしき》近くに潜むイェスマと、そのイェスマのために盗みをはたらいていた少年――この二人の秘密が像を結んで、幽霊という幻影になっていた〉

なんとも切ない話だ。

「私……そうとは知らず、幽霊さんを見るのを楽しみにしてしまって……」

しゅんとするジェスの目元には、悲しげな色が浮かんでいた。

それは他人思いで優しい少女の、自責の色だった。

〈人間っていうのは脳みそから先に生まれてくる生き物だ。不思議なことの真相を知りたいと思うのは、豚が飼い主のおぱんつを見たいと思うのと同じように、ごく当たり前の欲求で、その欲求自体は決して間違っていることじゃない〉

ジェスは納得がいかない様子だった。付け加える。

〈真相だっておぱんつだって、構造的に見えてしまうものは仕方がないだろ。真相を暴《あば》くべきじゃないと思ったら、その秘密は心の引き出しにそっとしまっておけばいいんじゃないか〉

ジェスは曖昧に首を揺らした。

「私、知ることの素晴らしさを豚さんに教えていただいてから、何もかも知りたがるようになってしまいました。私にだって知られたくないことはあるのに、他の人の秘密には、気にせずずかずかと……」

知られたくないことがあるのか。

〈ジェス。たった一つの真実は誰のものでもない。それを知りたいと思うのは悪いことじゃないし、見えていることから真相に辿《たど》り着《つ》いてしまうのも悪いことじゃない。たとえ真実が、誰かにとって都合の悪いことだとしても、怪物のように恐ろしいものだとしても〉

「怪物……」

ジェスはゆっくりと反復した。

〈その怪物と向き合う覚悟さえあれば、誰にだって真実を求める権利はある。むしろ、怪物の存在から目を背けることの方が、俺は危険だと思うけどな〉

納得しているようなしていないような顔をまっすぐに見て、伝える。

〈好奇心はジェスの武器だ。恥じることはない。むしろ誇っていいんだぞ〉

しばらくの沈黙ののち、ジェスは柔らかく微笑《ほほえ》んだ。

「ありがとうございます」

部屋が暗くなった。カーテンの外で、月が雲に覆い隠されたようだった。暖炉でオレンジ色の炎がゆらゆらと光っている。

「……ごめんなさい、せっかくの旅なのに、暗い話をしてしまいましたね」

〈いや、全然いいんだ。こういうことを話せる機会もそうないだろ〉

ジェスはふっと力を抜くように笑った。

「そうだ！　運よくいいお部屋に泊まれたんですから、このまま寝てしまうのも、なんだかもったいない気がしてきました。何か楽しいことをしましょう！」

〈楽しいこと……？〉

「ええ。怪物をひとまず退けたお祝いです。旅は楽しくなきゃいけませんから」

何か閃《ひらめ》いたように、ジェスはベッドから立ち上がる。

「このお部屋にはいろいろな調度品があります。どうでしょう、私が豚さんの言った通りの装《よそお》いになって、豚さんの言った通りのポーズをするというのは」

〈やたらサービスがいいな〉

ラブコメヒロインみたいじゃないか。

「私の冤罪《えんざい》を晴らしてくださったお礼です。どんな格好でもしてみせますよ」

今どんな格好でもするって……

いかんいかん。相手は一六の純真な少女だ。ここはあくまで、健全な範囲で紳士的なお願いをして、ジェスと一緒に楽しい時間を過ごすことを考えなければならない。

健全な格好とは何だろう。例えばミニスカのポリスなんていうのはどうだろうか。警官は治安を守る職業なので健全だろう。逮捕されてみたい。

ナース服は？　看護師は病人や怪我人《けがにん》の療養の手助けをする職業なので健全に違いない。我慢しましょうねと言われながらお注射されたい。

巫女《みこ》装束というのもいいだろうな。神聖な仕事であるからすなわち健全だ。豚のような煩悩《ぼんのう》を払ってもらうのもいいかもしれない。

少し意匠を変えて、ウェディングドレスなんていう選択肢もあるだろう。もちろんオフショルダーだ。誓いのキスの顔をしてもらうのはどうだろうか。いやダメだ、相手がいないと成立しないな。俺は豚だから花婿視点は難しいか……。

豚の長考を、ジェスはニコニコしながら待っていてくれた。

〈決めた〉

伝えると、ジェスは胸に手を当てる。まるでとんでもなくえっちな指示を覚悟しているかのようにも見えた。

「とんでもなくえっちな指示なんですね……」

〈そんなわけあるか。俺がいつえっちな指示をした〉

「でも昨晩は……」

そういえばバニーガールの夢を見たような……。

〈安心してくれ、えっちな方向ではない〉

「そうなんですね」

〈今のジェスの技術なら、そんなに難しい服ではないはずだ。説明するから聞いてくれ〉

順序立てて詳細な説明を行い、ジェスからの質問に答え、試行錯誤の末、それはようやくでき上がった。俺は居間に残り、ジェスだけ書斎に移動して着替えてもらう。ポーズもばっちり指定済みだ。

「いいですよ」との声を聞いて、俺は書斎に向かう。居間は暗いままだが、書斎からはランプの柔らかい光が漏れていた。

そして、そこには女子高生がいた。

黒い膝丈のスカート。白の長袖ブラウスには大きな黒い襟がついている。セーラー服だ。青色のスカーフが清楚《せいそ》さに華を添えている。

金髪JKは窓辺の椅子にちょこんと腰かけ、本を読んでいた。

「遅いですよ、せんぱい」

本の趣味が合い、いつも俺に話しかけてくれる図書委員の可愛《かわい》い後輩。放課後、図書室のいつもの席で、今日も小難しい純文学を読みながら俺を待っていてくれたのだ。

窓の外はすっかり夜だが……。

ぶわっと涙が出そうになった。中高と男子校だった俺には存在しなかった青春。一九になってしまった俺には二度と取り戻せないはずの、ときめきの瞬間。

書斎の入口で、俺は固まった豚足の上で何もできずにいた。

クスクスと、ジェスの笑い声がした。

「そんなにいいんですか、この格好」

〈一〇〇点満点で言えば一〇〇〇〇〇〇〇〇〇〇点だ〉

「えええ！　嬉《うれ》しいです！」

ＪＫジェスは椅子から立ち上がって、こちらへ来た。膝下までの黒いソックスに、上履き。

ＪＫだ、ＪＫがいる。俺の目の前に美少女ＪＫがいる。

「じぇーけー……初めてお会いしたときも、豚さんは頭の中でそんなことを考えられていたような……せんぱいは、じぇーけーがお好きなんですね」

澄んだ声のひとことひとことが、俺の脳へ容赦なく斬り込んでくる。

なぜ！　なぜ俺は男子校なんかに入ってしまったんだ！

こんな青春を捨ててまで！　俺は……！

いや、冷静に考えてみれば、男女共学に入ったところで女子にはまったく見向きもされずに終わるオチだっただろうが……。

後輩は俺の目の前でしゃがんで、こっちをじっと見てくる。

「せんぱいは魅力的な方です。そんなことないと思いますよ」

〈ありがとな……優しい後輩に恵まれて、先輩嬉《うれ》しいよ……〉

金髪美少女ＪＫに言われると、うっかり信じてしまいそうになる。だがそうではないのだ。

俺はどう足掻《あが》いても眼鏡ヒョロガリクソ童貞。こんな素敵なＪＫに好意を――それどころか注意を向けてもらえるような存在では、決してあるはずがないのだから。

「……豚さん、他にしてほしいことはありませんか？」

ジェスは少し不思議そうな顔で、俺の目を覗《のぞ》き込んできた。

ううん、何だろう。あえて言うなら豚と呼びながら踏んでほしい気もするが……。

「そういうのはダメです」

地の文を読み、先回りで拒否してくる。残念。

「私、とても豚さんを踏んだりできませんので……」

ミミガーをしゅんとさせると、ジェスは慌てて付け加える。

「あ、では、こういうのはどうでしょう！」

立ち上がってコホンと咳払《せきばら》いするジェス。胸の前で手を合わせると……

「私……せ、せんぱいのことがずっと好きでした……私をせ、せんぱいの恋人にしてください……！」

ブヒ！　一途《いちず》な後輩キャラ大好き！

次にジェスは、腰に手を当ててぷいとそっぽを向いた。頰を染めると……

「せ、せんぱいのことなんか、豚以下にしか思ってないんですからねっ！」

ブヒブヒ！　ツンデレ最高！

どうやったのか、ジェスは頰の赤みをサッと消した。少し目を見開いて、無表情でこちらを見てくると……

「ねえせんぱい、さっき話してた女、あれ誰ですか……？」

ブッヒー！　ヤンデレもいい！　一生束縛されたい！

自分からやっておきながら、ジェスは恥ずかしそうに足をモジモジ動かす。

「あの……どうでしたか、豚さんの想像していたじぇ、じぇーけーに、なってましたか？」

日頃の指導が功を奏した。王道属性フルコースでお腹《なか》いっぱいになっていた俺は、かろうじて言葉を絞り出す。

〈ああ、最高だった〉

「よかったです！」

旅の途中で浮かれ気分なのか、ジェスはことあるごとに俺の性癖に付き合って、喜ばせてくれる。そして俺が喜ぶと、ジェスの方もとても嬉《うれ》しそうにする。

なんだか不自然なまでに行き届いた気遣いではあるが、ジェスほどの美少女になるとこれくらい朝飯前なのだろう。今は晩飯後だが。

真実という怪物に直面して冷えてしまった空気を、ジェスは温め直そうとしてくれたのだ。

性癖博覧会が一段落してソファーに座ると、ジェスは訊《き》いてくる。

「……豚さん、これはらぶこめですか？」

どうもジェスは、ラブコメという概念が気に入ったらしい。質問に対する答えは明白だ。美少女がコスプレで童貞を喜ばせてくれるなんて、ラブコメと呼ぶほかないだろう。

〈ラブコメなんじゃないか。すごくそれっぽかったと思う〉

「そうですか……とても楽しいんですね、らぶこめ」

霞《かす》みがかった夜空を見ながら、ジェスはしみじみと言うのだった。

もう夜も遅くなっていた。俺はジェスに、今日最後のお願いをして眠ることにした。

ジェスはベッドで、俺は床で眠りに就く。

俺のすぐそばには、ジェスに頼んで脱ぎ捨てておいてもらったセーラー服が置かれている。

今夜俺は、脱ぎ捨てられたセーラー服のにおいに包まれて眠るのだ。

翌朝、もっとゆっくりしていったらどうかというディオンの誘いを断って、俺たちはラッハの谷《たに》を離れることにした。

ジェスは旅立つ前にニューを探し出して、麻布でくるんだ大きな包みを渡す。

「開けてみてください」

ニューが言われるままに包みを開けると、そこにはきれいに折り畳まれた美しい衣服が入っていた。一着ではない。全部で三着だ。それぞれ工夫を凝らした刺繍《ししゅう》が入っている。

「この服を売れば、あの指輪ほどではありませんが、きっとお金になると思います。お金が必要なんですよね。ぜひこれを売って、役立ててください」

意外そうな目がジェスを見返す。

「なんでそんなに優しくしてくれるの。俺、あんたを嵌《は》めようとしたのに……」

「言ったはずですよ。私、こう見えてとっても強いんです」

腕を曲げてみせて笑うジェスは、確かにとても強く見えた。

「では私、北へ行きますので」

「もう行っちゃうの？　北へ？　どうして……」

「秘密です」

悪戯《いたずら》っぽく笑って、ジェスは少年の鼻をちょんと触った。これをされてガチ恋しない童貞はいないだろう。少年の耳が赤くなるのが見えた。

「さようなら」

門を出て、俺とジェスはブドウ畑を下っていく。爽やかな冬の朝。ブドウの枯れ葉が朝日を浴びてキラキラと輝いている。

俺たちはまた、願い星を目指して北へと旅立つ。

次は温泉地を目指すというジェスの言葉に、俺はハツをときめかせた。

第二章

豚さんだけど愛さえあれば関係ないよねっ

the story of
a man turned into
a pig.

「お兄さんは妹にえっちな格好をさせて喜ぶ変態さんなんですね!!」

〈馬鹿言うな、そんな貧相な身体《からだ》に欲情する男がどこにいるっ!!　他に誰もいないから、参考までに着てほしいって頼んでんだよっっ!!〉

返事がないので、見上げる。妹の——ではなくジェスの表情は暗く曇っていた。

「む…………」

あれ……？

「貧相で悪かったですね。やっぱり私、みずぎなんていう破廉恥《はれんち》なものは着ません」

フォントサイズが大きくなるくらいノリノリだった声のトーンは素に戻り、むしろ素を通り越して氷のように冷たくなっている。怒らせてしまったようだ。

〈悪かった……でも違うだろ、これはあくまで兄妹《きょうだい》ラブコメごっこの一環で……妹に欲情している自分を認めたくないから心にもない言葉で妹の身体をけなして誤魔化そうとしている兄

を演じてるだけじゃないか〉

「え、あ……そうだったんですね。やっぱりらぶこめって難しいです。ちょっと高度すぎて、私には分かりませんでした……」

薄い本にはありがちな展開のはずだが……。メステリアの文化水準は、我らが日本文化の高みにはまだ到達していないようだ。

〈でも、冗談でも貧相とか言って悪かったな。何度も繰り返し言っているが、別にジェスは貧相というほどではないと思うぞ。むしろそれくらいが一番いいというオタクも大勢いるはずだ〉

「そうでしょうか……」

今のようにモコモコのコートに包まれればそこにあるかどうかすら怪しくなってしまうジェスのそれだが、実際には割とそこそこなのは確認済みだ。だから俺は、公衆温泉に入る格好として、よくある水着を提案してみたまでだ。絶対似合うと思ったからだ。

しかし、「胸と下腹部のみを最小限の面積で覆う布」という表現が悪かったのか、ジェスに水着という概念を勘違いされてしまったようだ。

なぜ兄妹《きょうだい》ラブコメごっこをしていたのかについては、あまり気にしないでほしい。

〈だがジェス、俺のいた世界では、水着っていうのは水辺ではありふれた格好なんだ。別にそれ自体が破廉恥《はれんち》なものではない〉

「本当でしょうか」

枯れ草色の牧場に囲まれた街道を歩きながら、ジェスは俺を疑わしげに見た。

俺たちが目指しているのはブラーヘンという温泉の街。このもう少し先にあるそうで、昼ごろには到着する見込みだ。美少女。温泉。つまり天国である。

「豚さんが、私に際《きわ》どい格好をさせたくて嘘《うそ》をついているのかもしれません」

〈俺がそんな奴《やつ》に見えるか？〉

「…………」

そこは黙らないでほしい。

〈でも水着がありふれているというのは本当だ。夏の海水浴場に行けばよく見かけるぞ〉

「そう言われてしまうと……信じるしかないですね。豚さんの世界に行くしか、確かめる方法はないんですから」

俺は想像する。炎天下、南国のビーチ。パラソルの下で、俺はサングラスをかけ、ビーチチェアに寝そべっている。サイドテーブルには小さな傘の飾りがのせられたパインジュース。波《なみ》打《う》ち際《ぎわ》では水着姿のジェスとセレスがビーチボールで遊んでいる。ジェスはビキニで、セレスはワンピース水着に違いない。飛び散る水滴は常夏《とこなつ》の太陽にキラキラと輝き、ジェスは「豚さんも一緒に遊びましょうよ」というまなざしをこちらにチラリと向けているのだ。

イラストの発注みたいになってしまったが……そこにどう破廉恥《はれんち》な要素があるというのか？　タペストリーにして部屋に飾ってもおかしくない健全な風景ではないか！

いや、待てよ。

〈最小限の面積だけ覆うというのが、ジェスは破廉恥《はれんち》だと考えるわけだよな〉

「えっと……そうですね」

〈じゃあ、最小限じゃなければいいわけだ。水着の中にももちろん種類はあって、最小限よりずっと大きな面積を覆うものもある。色も地味で、健全だ〉

スク水っていうんだけどな。

「そうなんですね！　それなら、試してみてもいいですよ」

こうして俺は、金髪美少女にスク水姿で温泉に入ることを約束させたのだった。


ブラーヘンは遠目でもそれと分かった。薄雲のかかる寒空に向かって、街じゅうからモクモクと湯気が立ち上っているからだ。山際《やまぎわ》に建つ金ぴかの巨大な聖堂が何よりも目立つ。

街に着いてみると、黒い石造りの街並みに硫化水素のにおいがほんのりと漂っている。人通りは例のごとく少ない。

「あ、卵のにおいです！　火山から出る硫気《りゅうき》ですね」

湯気で湿った石畳のメインストリートに入ると、ジェスは嬉《うれ》しそうに噴水へ駆け寄った。こちらも黒い岩でできていて、噴水の水から濃い湯気が立ち上っているのが見える。ここにも温泉が使われているようだ。お湯は白く濁っている。火山由来の硫黄《いおう》化合物が含まれる、硫黄泉《いおうせん》。温泉から出る硫化水素が、いわゆる腐卵臭――ゆですぎた卵のようなにおいを出している。メステリアでは、硫化水素を硫気《りゅうき》というように呼ぶらしい。

「すごいですね、色々なところから湯気が出ていて、ぽっかぽかです」

ジェスの言う通り、湯気の出どころはこの噴水だけではない。街のいたるところにある彫刻つきの泉から、側溝を流れる排水まで、目に見える水という水が白い温泉になっている。温泉からは温かい湯気が立ち上る。おかげで街は、冬なのに全く寒くない。

「あ！　豚さん、あちら！」

突然走り出したジェスについていく。ジェスはとりわけ大きな泉の前で立ち止まった。

泉の奥には石像がある。筋肉質の男と痩せた女が、裸でねじれるように抱き合ってキスを交わす様子が彫られたものだ。黒い岩でできた、粗削りの大きな彫刻。女の背中に回された男の手には、正十字をかたどった金のペンダントが握られている。本物の金を使って再現しているのかもしれない。二人の足元からは乳白色の温泉がこんこんと湧き出し、黒い岩肌を濡《ぬ》らしながら泉に流れ込んでいる。

〈えっちだな〉

率直な感想を言うと、ジェスは悪戯《いたずら》っぽく微笑《ほほえ》む。

「これ、兄妹《きょうだい》なんですよ」

〈え???〉

ジェスは石像の足元に金文字で彫られたメステリア語を指差す。格調高い書体で彫られているが、その内容は実に不釣り合いなものだった。


――妹に恋をするのは間違っているだろうか

どこかで聞いたことがあると思ったら、ジェスと一緒に図書館で見つけた官能小説のタイトルだ。兄と妹がいけない関係になる話だったと記憶している。タイトルが彫られているということは、石像の男女は小説の登場人物なのだろう。

〈なんで「妹まち」の彫刻がこんなところにあるんだ〉

「妹に恋――いえ、妹まちの舞台が、このブラーヘンだからです。作者の方の出身地も、ここブラーヘンだそうですよ」

聖地というわけか。アニメ化すれば、メステリアのオタクたちが殺到するに違いない。

〈彫刻が作られるほど有名な作品だったんだな〉

「ええ、書かれたのは私が生まれるよりずっと前なんですが、絶対の禁忌とされていた兄妹《きょうだい》婚に切り込んだ挑戦的な内容にもかかわらず、恋する若者の心情と悲哀を丁寧に描き出した作品として国民に広く読まれ、官能文学としては異例の部数を誇ったそうですよ」

ジェスの説明はちょっと早口だった。

〈えっちな本なのに広く読まれたというのは、確かにすごいな〉

「そうですよね。ぐいぐい先を読ませる展開ももちろん素晴らしいんですが、主人公たちの複雑な心情がとても繊細に描かれていて、架空の物語とは思えない凄《すご》みがありました。人気が出たのも納得です」

ん…………？

「あっ……」

ジェスは途端に顔を真っ赤にする。

〈もしかしてジェス、あれ読んだのか……？〉

「ち……ちちち、違います！　あの……その、読んだことには読んだんですが、別にそういう描写を楽しみにしていたわけではなくて、あくまで物語としての関心で……図書館の謎解きで興味が出てしまって、それで……」

ふむ…………？

〈でも俺の前では読んでなかったよな。一人でこっそり読んでたってことか〉

ジェスは目を逸《そ》らして、弁解の言葉を探しているようだった。

「……ぶ、豚さんに知られたら、えっちな女だと勘違いされてしまうと思って……」

別にえっちでも構わないが……。

〈まあ、えっちな物語を学術的興味で読むというのは俺の世界でもよくあることだ。別に恥じることはないんだぞ〉

「学術的興味……そうですね、それです、学術的興味です！」

自分に言い聞かせるように言って、すぐに続ける。

「学術的興味といえば、あの彫像はどうしてよくある白い大理石ではなくて、硬くて彫りづらそうな黒い岩でできているんでしょう！　わたし、気になります！」

話を逸《そ》らそうとしているらしい。好奇心お嬢様にわたし気になりますと迫られてしまえば、俺も考えざるを得ない。

〈温泉は、どんな味がするだろう〉

「あ、味……ですか？」

ジェスは手近な噴水のお湯で指を濡《ぬ》らし、舌先でちょっと舐《な》めた。

「んん……！」

予想通り、ジェスは驚いた顔になる。

〈すっぱいだろ〉

「ええ。豚さん、どうして分かったんですか？」

〈簡単な推測だ。大理石の主成分は、炭酸カルシウム——貝殻とか鍾乳石《しょうにゅうせき》と同じだ〉

「かるし……骨と同じようなものですか？」

〈人間の骨や豚骨はリン酸カルシウムだが……まあここでは似たようなものだと考えていい。で、炭酸カルシウムとかリン酸カルシウムっていうのは、強い酸性のものと触れ合うと溶けてしまう。この辺りの温泉は酸性で、大理石を溶かしてしまうから、大理石以外の石材を使っているんだろう〉

「なるほど……確かにこの街には、黒い岩が多いように見えます」

〈酸性の温泉が流れているから、溶けない石材しか使えないんだ。黒くて同じような石材が多いのは、近くにいい採掘場があるからかもしれないな〉

「そうですね」

ジェスは満足したようで、俺たちは妹まちの泉から街の中心、大聖堂へ向かうことにした。直角に交わるまっすぐな道で区画整備された温泉の街を歩きながら、ジェスは妹まちについて知っていることを話してくれた。

『妹に恋をするのは間違っているだろうか』は、五〇年ほど前、ラコーヌという女性によって書かれた物語だという。てっきり作者は男だと思っていたから驚いた。

物語は、遊び人の兄と一途《いちず》な妹の二人を中心にして紡《つむ》がれていく。服を脱いだ男女が湯に入る温泉街ブラーヘンには、かつて奔放な空気が漂っていた。その地に有力者の長男として生まれた兄は、見境のない豚のように（ここの表現はジェスのちょっとした皮肉だろうが）数多くの女性と遊んで暮らしていたという。物語の序盤は、そんな兄が女に溺れていく様子と、様変わりしてしまった兄を心配する純潔な妹の様子を赤裸々な文体で描く。

妹が兄の秘密を知ってしまうところで、物語は転換点を迎える。兄が女遊びをやめられないのには、ある理由があったのだ。兄は、愛する妹と結ばれない気持ちを紛らわせようと、他の女に愛を求めていたのである。しかしそんな偽りの愛はやはり長続きせず、結果として、女をとっかえひっかえする羽目になっていたのだった。悪女に酔わされた兄の話を盗み聞きすることでそれを知ってしまった妹は、自分の想《おも》いを兄に打ち明ける。兄のことを慕っている、兄ならば受け入れる、と。

そうして二人の秘密の関係が始まったが、狭い街で秘密が秘密のままであることは難しい。兄妹《きょうだい》の禁断の愛は親族や街の人々の知るところとなり、糾弾された。引き裂かれ、堕《お》ちるところまで堕《お》ち、遂《つい》には家を追放された兄妹《きょうだい》。逃避行の末、魔法が宿ると言われる伝説の温泉へ辿《たど》り着《つ》き、そこで結ばれて天に昇る……。

〈えっちだな〉

俺の率直な感想に、ジェスはむっと唇を尖《とが》らせる。

「豚さんが聞きたいと言うから、恥ずかしいのにお話ししたんですよ」

〈すまん……ありがとな〉

　ふん、とそっぽを向くジェスに、気になったことを尋ねる。

〈作者のラコーヌっていう人は、まだこのブラーヘンに住んでるのか？〉

　するとジェスは、いつもの微笑《ほほえ》みに戻ってこちらを向く。

「実は妹まちが世に出た後、ラコーヌさんは実のお兄さんと一緒にこの街から姿を消しているんです。物語が売れてラコーヌさんのお名前は有名になっていましたし、内容が内容だったので、おかしな噂《うわさ》が絶えなかったようですね」

　状況は確かに怪しいが、作者と主人公を混同するのはよくない。

〈自分の書いた官能小説が売れすぎたから、恥ずかしくて逃げたのかもしれないな〉

「そうですね……妹まちのおかげでラコーヌさんはたくさんお金を稼いだそうですから、どこかでひっそり幸せに暮らしているのかもしれませんね」

〈だといいな〉

　歩きながら、ジェスは楽しそうに語る。

「私、思うんです。妹まちが売れたのは、別に兄妹婚《きょうだいこん》が魅力的だと思う人が多かったからではなくて、禁断の恋に憧れた人が多かったからではないのかな、と」

　いや兄妹婚《きょうだいこん》は魅力的だが？

〈確かに禁断の恋っていうのは、よく物語の題材になるよな〉

　ロミオとジュリエットとか。

「ええ、禁断の恋って、なんだかワクワクしますよね」

〈童貞にはよく分からないが……〉

そんなことを話している間に、俺たちは大聖堂に辿《たど》り着《つ》く。一目でここが街の中心だと分かった。湯気のもくもくと上がる小高い山を背負って、大小さまざまな尖塔《せんとう》のそびえる巨大な聖堂がどすんと腰を下ろしている。黒や赤の岩で頑丈そうに造られた壁。金ぴかの屋根。荘厳《そうごん》な彫刻。塔の隙間からは真っ白な湯気が立ち上り、異様な雰囲気を醸《かも》している。

聖堂前にはこれまた巨大な円形の広場があって、俺たちはそこに立っている。広場の中央に置かれた噴水からは間欠泉《かんけつせん》のようにお湯が噴き出していた。

正面扉が開放されていたので、聖堂に入ってみようということになった。

「金がたくさん使われていますね、ちょっと眩《まぶ》しいくらいです」

全面金でメッキされた扉をくぐると、ドーム屋根の、広い円形のホールに入る。俺たち以外、人のいる気配はない。壁は様々な色のタイルで作られたモザイク画となっていて、天井は贅沢《ぜいたく》すぎるほどの金色だ。

「この聖堂は、ブラーヘンの領主さんが代々所有しているといいます。これほどに金ぴかな聖堂を建てた領主さんは、お金に余裕があったんでしょうか」

〈そうだと思うが、理由はもう一つあるかもな〉

「何でしょう？」

〈この辺りには、湯気やら温泉のガスやらが年中漂ってる。湿気や硫化水素は色々なものを腐食させてしまうんだ。だから金でコーティングしてあるんじゃないか〉

「金は腐食しないんですね」

〈ああ、金はかなり特殊なことをしない限り、錆《さ》びたり溶けたりしない〉

ジェスは「かなり特殊なこと」にちょっと興味があった様子だが、ここで王水やヨウ素液の話を始めるのは限界オタクがすぎるというものだろう。

折しも、ジェスはインパクトのある彫刻に目を奪われて、それどころではなくなった。

「わあ、これ！　怖いですね……」

ホールの中央には何やら黒光りする彫刻があった。近づいてよく見ると、それはおぞましい光景を描いたものだった。

ガラス質の真っ黒な岩石から削り出されているのは、無数の骸骨。男女数名が岩風呂《いわぶろ》に入ろうとしているところに絡《から》みつき、彼らをお湯の中へと引きずり込もうとしている。

——湯は冥界《めいかい》の恵みなり

と、妹まちの兄妹《きょうだい》像と同じく、こちらにも金文字が刻まれていた。

床を見て、ジェスが呟《つぶや》く。

「小さな字で、詩が書かれていますね。このブラーヘンに伝わるお話のようです」

視線を落とす。彫刻の周囲の床には同じ材質の黒光りする石材が使われており、そこに金文字で文章が刻まれている。気取った文体で読みづらいが、どうも不吉な警句のようだ。

「悪いことをした人が、温泉の魔法によって冥界《めいかい》へ連れ去られる物語みたいですよ。いくつも書かれています。へえ、温泉を勝手に掘ったりするのもダメなんですね……」

人を殺した者。金を盗んだ者。暴力をはたらいた者。人を騙《だま》した者。風紀を乱した者。そして、領主の目を盗んで温泉を楽しんだ者。様々な悪人が温泉の霊によって地下へ連れ去られてしまう説話集だ。

〈温泉が湧き出すところは、熱くて、臭くて、湯気がすごくて、死の世界みたいだからな。普段は恵みを与えてくれる温泉も、悪いことをした奴《やつ》には容赦しないぞ、だからいい子にしてろよ、という戒めなんだろう〉

「白く濁ったお湯ですから、浴槽の底が見えないのも、恐怖を煽《あお》るのに役立ったのかもしれませんね」

浴槽から襲い来る骸骨たちの彫刻を見ながら、ジェスが言った。

〈確かに、そうだろうな〉

温泉を使って民度を上げようという領主の試みは興味深い。

ジェスはしばらく床に書かれた詩を眺めていたが、夢中になってしまったのか、遂《つい》にはしゃがんで読み始めた。そして、面白いと思ったところを要約して俺に伝えてくれる。

「兄妹《きょうだい》だけじゃなくて、男の人同士の恋愛も禁忌とされているんですね……なるほど、これも禁断の恋……」

俺と話が合うくらいだ。ジェスには若干オタクっぽいところがあるなと薄々感じていたが、そっちの方面に興味を示すとは思ってもみなかった。どうにか話を逸《そ》らそうとしたとき、ジェスが動きを止めた。

「あれ……」

〈どうした〉

何かおかしな記述を見つけたのかと思ったが、そうではなかった。ジェスは手の平をぺたりと床に押し当てると、こちらを向く。

「床がとても温かいです」

確かに、床からはほわほわと熱気が昇ってきて、俺の豚バラをじんわり加熱している。

〈温泉の配管が床にあるのかもな。それでこのホールを暖めてるんじゃないか〉

「そうでしょうね……」

と言ってから、ジェスは首を傾《かし》げる。

「でも、夏はどうしているんでしょう？　夏もホールが暖まっていたら、むしろ暑くなってしまいませんか？」

確かに。

〈夏はこの下の配管にお湯が流れないよう、どこかで流路を変えてるんじゃないか〉

「ではつまり、そういう装置がこの建物のどこかにあるということですね！」

言いながら、ジェスは立ち上がる。装置を探しに行こうということだろう。

〈この聖堂の裏山、たくさん湯気が出てたよな。山の方から温泉が来てるんだろう。とすると、山に近い側を探せば、温泉を取り込む配管が見つかるかもしれない〉

俺たちは大きなホールから、山側にある大広間へ移動しようとした。だが、そちらへ入るための廊下の突き当たりは、金メッキされた頑丈そうな金属の格子《こうし》によって封鎖されていた。

格子《こうし》の間から中を覗《のぞ》いてみる。こちらはさっきの金ぴかホールとは違った雰囲気だった。

「なんだか、お墓みたいです」

ジェスの呟《つぶや》きは確かに的を射ている。

先ほどのホールに劣らず広い、長方形の大広間。光源は天井近くの小さな窓から取り込まれる自然光だけで、全体的に薄暗い。そこにものものしい雰囲気を加えているのが、置かれている不気味なオブジェだった。

大広間の左右の壁際《かべぎわ》に、巨大な木の彫像がずらりと並んでいる。様々な格好をした人間の立ち姿を模した古い像だ。それぞれの彫像の前には、臼《うす》のような形をした石造物が置かれている。

〈異様な空間だな〉

ジェスは目を凝らす。

「木の立像の頭の上に、言葉が書いてあります。トゥサク、ユーカス、ブッペ……あ、ブッペは歩いてきた道の噴水に書いてあった気がします。この街の区画名でしょうか」

なるほど。

さらに目を凝らして、広間の奥を見てみる。大きな祭壇があった。そこにもいくつか、石臼《いしうす》のような突起がある。よく観察すると、どの石臼《いしうす》の側面にも、黄色いリスタががっちりと嵌《は》め込まれている。

〈黄色のリスタって、光とか電気とか動力とかの源になるんだったよな〉

「そうですね。ここでは何に使っているんでしょう」

〈あのリスタを動力にして、石の装置を動かすんじゃないか。そうすると配管が開いたり閉じたりして、街の特定の区画に温泉を流したり流さなかったりするとか〉

思い付きで伝えてみたが、どうも合っている気がしてきた。

〈ここの領主は、温泉の分配権を掌握して、富や影響力を得ているのかもしれないな。さっきジェスが見てた詩に、温泉を勝手に掘って冥界《めいかい》に引きずり込まれた人の話があっただろ。温泉を独占したかったから、そういう教訓を意図的に創ったんじゃないか〉

自然の恵みを権力によって独占し、それを売ることで富を得る。そしてその富が、権力の維持に使われる。珍しくはない話だ。

「説話には、聖堂が温泉を清めているから、聖堂を通さない温泉に浸《つ》かった者は呪われる、というような記述もありました。温泉を独占するための口実かもしれませんね」

なかば宗教だ。

〈間違いないな〉

「金ぴかの聖堂も温泉の富のおかげ、ということでしょうか……床を温めたり温めなかったりする技術があれば、確かに街にお湯を分配する方法も自由に決められそうです」

〈この広間のどこかに、聖堂自体の床暖房を切り替える装置もあるんだろうな。頑丈な格子《こうし》で隔てられているのは、人が勝手に入って温泉の分配をいじったりしないようにしつつ、俺たちがブラーヘンの温泉を管理してるぞ、とアピールするためとか〉

そんな話をしていると、ジェスがうふふと笑い始めた。

〈どうした……〉

ワインのときと同じ嫌な予感がしたが、杞憂《きゆう》だった。

「こういうことを考えるの、楽しいなと思いまして……豚さんもきっとお好きなんですよね、こうやって、小さな疑問を解消していくこと」

細かいことが気になる童貞さんだからな。

〈確かに好きかもしれない〉

女の子とのデートでやったら絶対嫌われるやつだが……。

「女の人にデートで嫌われたことがあるんですか」

睨《にら》まれて、弁解する。

〈いや、元いた世界では女の子と二人で出かけたことすらない〉

「彼女いない歴イコール年齢の眼鏡ヒョロガリクソ童貞さんでしたもんね」

そう言うジェスはなぜか嬉《うれ》しそうだ。

「では豚さん、私のちょっとした興味に、もう少しだけお付き合いいただけますか？」

〈もちろんだ〉

特にやることもないしな。

「ありがとうございます。実は、妹まちに関することなんですが……」

〈言ってみてくれ〉

ぴん、と人差し指を立てるジェス。

「主人公の兄妹《きょうだい》が最後に辿《たど》り着《つ》く魔法の温泉は実在する――という噂《うわさ》があるそうなんです」

〈兄と妹が結ばれて天に昇っちゃった温泉か〉

ジェスは少し頰を染める。

「え、ええ……それです」

〈要するに、その魔法の温泉を探したいと〉

「ダメですか……？」

〈ダメなものか。ただ、実在したところで、何かヒントがないと見つけるのは無理だろうな〉

ジェスの顔がぱあっと明るくなる。

「それなら、妹まちの中にヒントがありました」

少し溜《た》めてから、ジェスは言う。

「色が変わる温泉だそうです」

しばらく待ってみるが、続きはなさそうだ。

〈ヒントはそれだけか〉

「……あと、天然の岩風呂《ぶろ》で、二人が一緒に入ると身体《からだ》が触れ合ってしまうくらいの大きさらしい、ということは妹まちから読み取れます」

家風呂《いえぶろ》でえっちな雰囲気になっちゃうやつと同じだ！　薄い本で読んだ！

「薄い本？」

〈いや、何でもない、地の文は気にしないでくれ〉

そんな小さな温泉で、俺とジェスが一緒に入浴することになれば……！

ううん。想像してみたが、少女と豚では、何だかのほほんとした感じにしかならないな。

……さて、これだけのヒントから秘湯の位置を解き明かすことは可能だろうか？

〈その色が変わる魔法の温泉っていうのは、このブラーヘンの近くにあるはずなんだよな？〉

「ええ、そのはずです。ブラーヘンのとあるところ、と妹まちに書いてありましたから」

〈なるほどなるほど、それなら多少は当てがつくかもしれない〉

「本当ですか！　では一緒に行きましょう、魔法の温泉を探しに！」

目をキラキラさせるジェスに頷《うなず》いて、俺は外へ出るよう促す。

俺たちは聖堂を出てぐるりと外を回り、聖堂の裏山側へ来た。さっきの不気味な大広間の、祭壇の裏手にあたる場所だ。周囲に建物はなく、枯れた草地になっている。

「ここに何があるんでしょう」

〈魔法の温泉がありそうな場所へと続く道だ〉

ジェスは首を傾《かし》げる。

「道ですか」

〈ああ、道だ〉

そして俺は、すでに道を見つけていた。

〈ジェス、俺たちが探すのは、色の変わる温泉だよな〉

「ええ、そうですね」

〈ブラーヘンの街なかにある温泉は、何色だった？〉

「えーっと、白色です。ミルクのような白色」

〈そしてその白い温泉は、ブラーヘンの領主が独占している。勝手に温泉を掘るのも禁止されてたし、街中には直接温泉の湧き出ているところはなさそうだったよな。じゃあおおもとの温

泉がどこから来ているかというと……〉

俺が山の方に鼻先を向けると、ジェスもそちらを見る。

〈湯気がもくもくと出ているあの裏山が怪しい〉

山の上の方に、熱い蒸気の噴出しているところがあるようだ。まるで噴煙のように、ひときわ大きな湯気が出ている。

「そうですね。あちらからお湯を引いてきているんでしょう」

〈この聖堂はブラーヘンの街の中心部にある。山から来た温泉は、すべてこの聖堂を一度通ってから、街に分配されてるわけだ。それが独占の仕組みだな。つまりブラーヘンの街なかの温泉はどれも一様に白色で、色の変わる温泉ではなさそうだ〉

「なるほど！　だから、この聖堂に温泉を運んでくる配管を辿《たど》って、ブラーヘンの源泉地を目指すわけですね！　白くない温泉を探すために！」

〈その通りだ〉

しかしジェスは、何かが引っ掛かったような顔をする。

「でも豚さん、ここに来ているのが白い温泉なら、源泉地の温泉も結局、白いんじゃありませんか……？」

いい質問だな。

〈ジェスは、ブラーヘンの温泉がどうして白いか知ってるか？〉

「えっと……うーん、白いから……？」

　確かに、色の理由っていうのはなかなか考えるようなものでもなさそうだ。

〈それはそうなんだが……白いのは、光を散乱する細かいものが水中に浮いているからだ。俺のいた国では、それを湯の花と呼んでいた〉

「お湯のお花……きれいな名前ですね」

　そんなふうには考えたこともなかった。ジェスらしい感性だ。

〈湯の花は、温泉にもともと溶けていた成分が、地上に出て冷やされたり、空気中の酸素――こっちの世界では吸素と呼んでいたか、その吸素と触れ合ったりすることで現れるものだ。つまり湧き出した瞬間は、透明に近いはず。源泉はまだ白くなる前かもしれないし、地中で冷やされる条件によっては、人が入れる温度になってもお湯が白くならない湧き出し口があるかもしれない〉

「その湧き出し口が、色の変わる温泉かもしれないということですか」

　理解が早くて助かる。

〈ああ。だからとりあえず、源泉地を目指してみるのがいいと思う〉

　ジェスは頷《うなず》いて、俺が見つけたという「道」をきょろきょろ探す。

「このこんもりした膨らみ……これ、温泉の配管でしょうか」

　聖堂から裏山の方へ、地面が土塁《どるい》のように盛り上がったものが続いている。相当な量の源泉を運んでいるのだろう。埋まっているから見えないが、盛り上がりの形から推測するに、人が通れるトンネルほどはあるのかもしれない。

〈そうだろう。このもっこりした地面を辿《たど》ればいいんだ〉

ジェスの顔が、ぱあっと輝いた。

「では早速、行ってみましょう！」

魔法の温泉の謎をジェスたそとブヒブヒ歩いて解き明かす。ブタ〇リの始まりだ。


途中から山道になった。しかしほとんどの草が枯れていたので、ジェスは歩きやすそうだ。重そうな鞄《かばん》を背負っているが、その歩みは軽い。鞄《かばん》は俺が代わりに背負うと何度も言っているのだが、見られたくないえっちな本でも入っているのか、ジェスは頑《かたく》なに俺に運ばせようとはしなかった。

ジェスは邪魔な藪《やぶ》に突き当たると、魔法で容赦なく斬り捨て、吹き飛ばしながら進む。俺はありがたく、切り拓《ひら》かれた道を歩いた。

「ずいぶん来た気がしますね」

ジェスに言われて振り返ると、木立の隙間からあの巨大な聖堂が見えた。もうかなり下の方で、ぽつりと小さくなっている。

〈何か配管に工夫はしてあるんだろうが、それでもあんまり遠くから温泉を運ぶと、お湯が冷めきってしまうはずだ。もう源泉は、そんなに遠くないと思う〉

ジェスはなんだか楽しそうに頷《うなず》く。

「ワクワクしてきました。こういう探検、一度豚さんとやってみたかったんですよ」

〈そうか、よかった〉

ジェスはうふふと笑うと、ふと思い出したように、鞄《かばん》から紙を取り出した。旅の途中でジェスがしばしば手に取っては何かをしている、俺には秘密の紙。

〈何を見てるんだ〉

ダメもとで訊《き》くと、ジェスは薄い唇を悪戯《いたずら》っぽく微笑《ほほえ》ませた。

「当ててみてください」

〈本当に当てちゃうぞ〉

「そのときはそのときです」

初めて追究の許しが出た。俺は考えてみる。

ジェスが紙を取り出すのは、旅の最中のふとした瞬間だ。いつも思い出したように手に取ると、指先でちょんと紙をつついて、すぐに折り畳んで鞄《かばん》に入れている。

〈地図ではないな。地図なら回転させたりしながらあれこれ見るはずだ〉

「地図じゃないかもしれませんけど、地図かもしれません」

排中律《はいちゅうりつ》かな？

〈地図ではないとして、旅の途中に取り出すものだろ……〉

ジェスの目を観察する。ジェスは俺をチラリと見てから、紙に目を戻した。何かを探すように少し視線を動かすと、紙の左端の方に軽く指で触れる。

少し前のことを思い出す。王妃ヴィースが、誓《ちか》いの岩屋《いわや》へ行く地図に印をつけたときのことだ。そうだ、この動作は、魔法で紙に何かを書く動きに違いない。指で触れてすぐ畳んでしまうのだから、文章のように複雑なものではないはずだ。紙の左端……。

〈なるほど、一覧表だ。表に印をつけてるんだ。チェックリストみたいなものだな〉

ジェスはにっこり笑って、頷《うなず》いた。

「正解です」

〈でも、何の表だろう……〉

「それは秘密ですよ」

なかなか手強《てごわ》い。だが、秘密と言われると気になってしまうのが俺の悪い癖だ。

こんな、なんでもなさそうな場所でチェックすることがあるか？

前回、ラッハの谷《たに》へ着いたときにも紙を見ていたな。あのときも、特に何かしていたわけではないが……。他に紙を取り出したタイミングも、思い出してみる。草地で焚火《たきび》をしているとき。のんびりと流れ星を見ているとき。道に迷っているとき。ううん……特に何かがあったわけではないが……。

ふと思い出す。ラッパの谷《たに》に着いたとき、ジェスは「一度来てみたかった」と言っていたはずだ。今回も、「こういう探検をしてみたかった」と言っていた。つまり──

〈やりたいことリストだな〉

伝えると、ジェスは目を一旦閉じてからにっこりと笑った。

「はい、ほとんど正解です」

ほとんど……？

「旅をするのに、こういうのがあると楽しいかな、と思いまして」

ジェス自身もあまり本意ではないような言い方だったが、確かに、その通りかもしれない。

そのときジェスが前方を指差して嬉《うれ》しそうに声をあげたので、話はそこまでとなった。

「あ、豚さん！　もくもくの場所、見つけました！」

前方を見ると、そこは枯れ木すら生えていない窪地《くぼち》だった。黒々とした岩肌が露出し、そこからもくもくと濃い湯気が立ち上っている。

聖堂から続く配管は、そこで突き当たって止まっていた。風が吹くと、強烈な火山ガスのにおいが嗅上皮《きゅうじょうひ》を突き刺してくる。

「すごいにおい……下の温泉とは比べ物になりませんね」

〈このガスは毒だから、あんまり嗅ぐなよ。これで死ぬ人も出るくらいだ〉

死ぬという言葉に、ジェスは驚きの色を見せる。

「そうなんですね……木が枯れて、草も生えていないのは、このガスのせいですか？」

〈そうだ。毒ガスは空気より重いから、ガスが溜《た》まりそうな場所には行かないようにな〉

「はい。行くとしても、風通しをよくしてからにします」

ジェスが両手を前に向けると、背中側から強い風が吹いてくる。立ち上る湯気の向きが明確に変わった。

〈風も操れるんだっけか〉

「頑張ってお勉強したんですよ」

ジェスは重そうな鞄《かばん》を少し持ち上げてみせる。えっちな本ではなくて、勉強のための本が詰まっているようだ。確かにジェスは、夜な夜な真剣に本を読んでいることがある。何やら赤い表紙の本だ。いつもテーブルの上で読んでいるので、豚の俺には内容が分からないのだが。

ジェスの魔法で換気をしながら、俺たちは窪地《くぼち》を見て回った。温泉を取り込んでいる配管は、巨大な一枚岩をくり抜いて造られているようにも見えた。だが、ここから聖堂まで続くほどの岩を切り出せるはずがない。ヴァティス様以前の魔法使いの遺産かもしれませんね、とジェスは推測していた。

しゃぶしゃぶにならないよう慎重に近づいて、湯の湧き出し口を見てみる。

「わ、本当に透明なお湯なんですね」

自分の起こした風に髪をなびかせながら、ジェスも湯を覗《のぞ》き込む。

岩の隙間から轟々《ごうごう》と湧き出る温泉は、ブクブクと沸騰しながら真っ白な湯気を吐き出している。豊富な湯量で、澄み切った透明だ。油断すると蒸ししゃぶになってしまいそうだが、ジェスの起こした風が絶え間なく蒸気を吹き飛ばし、熱風を退けて視界を確保していた。

〈すごい熱気だな。大地の力強さを感じる〉

「ええ……」

しばらく窪地《くぼち》を探し回ったが、色の変わる魔法の温泉らしきものは見当たらなかった。それもそうだ。こんな灼熱《しゃくねつ》のお湯が湧き出るところに、入浴できる場所があるはずもない。

〈魔法の温泉は、少し離れたところにありそうだな。何か手掛かりになるものがあるといいが〉

「ですね」

ジェスは熱心に周囲を見て回る。温泉を汲《く》みだす配管は一つだけ。つまりここを源泉とするブラーヘンの温泉は、本当にあの聖堂をもつ領主によって独占されているということだ。

〈あれ、これは〉

豚の視点で見ていると、あることに気付く。

〈地面に三角形の岩がある〉

ジェスも膝を抱えて俺の隣にしゃがむ。

人が一人乗れるくらいの大きさだ。縦に潰れた二等辺三角形をした平らな面が、岩の上に浮き彫りにされていた。

「こちらへ行け、と言っているようにも見えますね」

そう言って、ジェスは二等辺三角形の頂点方向を指差した。

〈行ってみるか〉

「ええ、もちろん！」

迷わず歩き始める。しばらく進むと、また岩の上に二等辺三角形があった。さっきのよりも少し左方向へ傾いている。俺とジェスは顔を見合わせて頷《うなず》いた。

少し左へ折れ、また頂点方向へ。火山ガスの漂う山肌には草も生えず、三角形の岩は容易《たやす》く見つかる。次の岩を見つけたら、またその頂点方向へ。なんだか簡単すぎる気がした。

最終的に、俺たちは洞窟の入口に辿《たど》り着《つ》いた。黒い岩肌にぽっかりと口が開いている。ここまで来ると、もう火山ガスのにおいはそれほどしない。

「洞窟ですよ！　これが魔法の温泉に続いているんでしょうか」

〈入ってみよう〉

鼻をくんくんさせながら、洞窟へ入っていく。自然の洞窟ではない。自然にできた洞窟かもしれないが、地面は平らで、天井も歩きやすいように削られた跡がある。道は少しずつ下っているようだ。最近人が歩いたようなにおいはしない。

ジェスが身体《からだ》の周囲にいくつか光の玉を出現させ、湿った黒い岩肌を白い光で照らす。

俺たちはしばらく、探検気分で黙々と歩いた。

「あ、向こう側が明るいですよ！　ほら！」

蛍《ほたる》のように飛び回っていた光の玉が、音もなく消える。前方の床に、光が差し込んでいるのが見える。明るさからして外の光だろう。ジェスの歩みが、待ちきれないように早足になるのが分かる。

「豚さんっ！　温泉ですよっ！　温泉っっ！」

ジェスに追いつくと、洞窟の突き当たりで視界が開けた。ごつごつした岩に囲まれた行き止まりだ。ただ、暗い洞窟の天井に丸く穴が開いている。穴からは白い曇り空が見え、温泉はちょうどその真下にあった。

大人が二人で入れば気まずくなってしまうくらいの、狭い岩風呂《いわぶろ》だ。控えめな湯気とともに濃厚な硫黄《いおう》化合物のにおいが漂ってくる。下からお湯が沸いているのか、水面が常にモコモコと盛り上がり、周囲に大量のお湯が溢《あふ》れ出《だ》している。

〈サイズ的にも、妹まちの記述と一致してるな〉

お湯はほぼ透明で、若干白く濁って見える程度。地中でゆっくりと冷やされたからか、先ほどの湧出口から出てブラーヘンへと供給される温泉とは、事情が少し違うようだ。湯の花はそれほど出ていない。いや、まだ出ていないというのが正しいか。

せっかく秘密の温泉らしきものを見つけたが、ジェスはあまり納得していない様子だ。

「……でも、色が変わっていません」

温泉大国の日本に住んでいた俺は、色の変わる温泉というのをいくつか聞いたことがある。

〈そりゃそうだ。何もしなかったら勝手に色が変わったりしないだろう。条件を変えてやらなきゃいけない〉

「条件、ですか」

と、顎に手を当てながら俺を見てきた。

〈ああ。俺が思いつく条件は二つだな。一つはお湯そのものの状態を変えること。もう一つはお湯の見方を変えること〉

「お湯そのものの状態……温度くらいしか思いつきませんが……」

〈下からこんこんと、ずっと湧き続けてる温泉だ。普通の人が温度を変えるのは、かなり難しいだろう〉

「では何なら変えられるんでしょうか……」

理系オタクの心がくすぐられた。すぐに答えを言ってしまうのはもったいない。

〈温度の他に、何なら変えられると思う？　今までの会話で、実はヒントが出ている〉

「ええ、本当ですか？」

〈ジェスなら分かるはずだ〉

「そうでしょうか……うーんと……」

熱心に考えるジェスは、あざといくらいに可愛《かわ》い。

「可愛《かわい》くはないんですが……何でしょう……考えます」

ずいぶんと長考だ。そろそろ答えを言った方がいいだろうか。

「ちょっと待ってください！　せっかくなので頑張りたいです！」

左右に歩きながら、ジェスは俺の地の文に反応してくる。行き詰まったのか、ジェスは視線を泳がせ、そして天井に空いた穴から曇天を見て――

「あっ！　吸素です！」

と閃《ひらめ》いた。そう、吸素――つまり酸素だ。

「空気中の吸素と反応して、透明の温泉に湯の花というものが現れるんでしたね！　かき混ぜて、もっと空気に触れるようにするんでしょう！」

〈正解だ。この温泉のお湯は下から湧き出している。つまり、地中深くで温められてからここに出てくるまで、一度も大気と触れ合ったことがないと考えられる〉

「なるほど。豚さんと同じということですね」

〈え……？〉

俺と温泉に何の共通点があるというのか。

「だって豚さん、私と会うまで、女の人とデートしたことがなかったんでしょう？」

ジェスの目は悪戯《いたずら》っぽく笑っている。その通りです。

〈まあ確かに。この温泉は童貞さんってことだ〉

「そんな童貞さんに、私が初めてを教えて差し上げればいいんですね」

…………。

なんて表現をするんだ。まったく、誰に似たのやら。親の顔が見てみたいものだ。

脳裏に浮かんできた全裸中年男の笑顔を全力で振り払う。

〈空気を混ぜ込んでみようか〉

「もちろんです」

ジェスが右手を前に出し、眉根をきゅっと寄せて水面を見る。手を動かすと、温泉が見えない大きな手によってかき混ぜられ始めた。

透明だった温泉が、少しずつ白みを増してくる。しかし白色はあまり濃くならず、徐々に黄色っぽく変わっていった。レモンのような、薄い黄色だ。

「すごい！　本当に色が変わりましたね！　しかも黄色ですよ！」

〈こっちの温泉は空気に触れる前に冷やされて湧き出しているから、あのブラーヘンに流れている温泉とは少し違う反応が起こったんだな。黄色いのは硫黄《いおう》の化合物だと思う〉

ジェスはワクワクとした様子で俺の方を向く。

「豚さんは、色を変える方法がもう一つあると言っていましたよね。見方を変える、と」

〈どういうことだか分かるか〉

またクイズを投げかけてみると、真面目なジェスはしばらく黙って考える。いい生徒だ。

「こちらが何かするとしたら、見る角度を変えるくらいでしょうか……」

しゃがんだり立ち上がったり、身体《からだ》を左右に振ってみたり。

「でも、あんまり違いは分かりませんね……そうすると……」

〈ものを見るには、何が必要だろうな〉

ちょっとヒントを出してみると、鋭いジェスはポンと手を打った。

「光です！　光の当て方を変えるんでしょう！」

〈その通りだ。ただ……〉

天井の穴から、空を見てみる。太陽には雲がかかっている。

〈太陽の光が直接ここに差し込むのは、この天気じゃちょっと難しいか〉

ジェスはにっこりと俺を見る。

「やってみますか？」

〈………？〉

今から晴れるの……？

ジェスは温泉に一歩近づき、洞窟の天井にぽっかり空いた穴を見上げた。少しストレッチをしてから、太陽の方に両手を向ける。次の瞬間、洞窟の外に液体の巨大な塊が現れるのが見えた。細かな気泡。プンと漂うガソリン臭。まさか――

ドン、と音がして、水塊が太陽の方向へ射出された。数秒後、上空で大爆発が起こる。太陽と見紛《みまが》うような明るい炎が炸裂《さくれつ》し、ちょっと遅れて大砲のような音が轟《とどろ》く。

ジェス一人の力で、雲にぽっかりと穴が開いた。直射日光が目を焼いてくる。

あんぐりと開いた口が塞がらない。

ジェスは一瞬、何か思い出したのか「あっ」と呟《つぶや》いたが、驚いている俺を見ると歯を見せて笑う。

「あれ……また私、何かやっちゃいました？」

〈それ絶対わざと言ってるよな……〉

異世界ものの主人公みたいな発言も、ジェスが言うと可愛《かわい》く聞こえる。

「可愛《かわい》くはないですが……」

まあ細かいことはいいだろう。ジェスの魔法のおかげで雲は消え、日差しが温泉に注いでいる。そしてその色は――

「青い！」

視線を落としたジェスが、驚きの声をあげた。

「豚さん、お湯が青っぽく光って見えます！」

期待していた通りだ。直射日光の当たった水面近くが、オパールのような仄《ほの》かな青色に輝いている。

〈虹を見れば分かるように、太陽の光っていうのはたくさんの色の光が合わさってできてるんだ。温泉の中に漂う細かい粒が、そのうちの青い光を多く散らして、こちらに跳ね返している。だから青っぽく見えるんだな。空が青いのと同じような原理だ〉

俺のいた世界では、それをレイリー散乱と呼ぶ。

「へぇ……空と同じ仕組みで……」

〈お湯がだいぶ入れ替わってるな。もう一度空気を混ぜると、さっきの反応が起こって、さらに新しい色が見えるかもしれない〉

「本当ですか！」

ジェスは再び、魔法でお湯をかき混ぜる。するとどうだろう。今度はお湯が薄緑色に輝いて見える。きれいな浅い湖のような色だ。

「わわわ、すごい！　さっきの黄色と、太陽の光の青色が混ざって、このように見えているんですね！」

〈そうだ。思ったよりきれいに見えるな〉

色が変わる温泉を前に、ジェスの目はキラキラと輝いている。

「太陽が差し込んだり差し込まなかったり、人が入っていなかったり入って水をかき混ぜたり、そういう条件の違いが、色の違いに現れるというわけですか」

優等生のようなまとめだ。

〈そうだな。これで色が変わる温泉の謎は解けた。これは魔法じゃなくて、科学だったんだ〉

ジェスは嬉《うれ》しそうに頷《うなず》いた。うっとりしたような顔で薄緑に輝く温泉を見て、そして、何かに気付く。

「あれ、温泉の底に……」

ジェスは屈《かが》んで水面に顔を近づけ、途端にむせ込む。火山ガスを吸ってしまったのだろう。俺の豚鼻にも、強烈なにおいが入ってきている。

〈大丈夫か？〉

「え、ええ、ちょっと、においが……」

ジェスが立ち上がって手を扇《あお》ぐように動かすと、天井の穴から冷たく新鮮な空気が流れ込んでくる。

「そういえば豚さんは、毒ガスは低いところに溜《た》まりやすいとおっしゃっていましたね。洞窟は下り坂だったのに……ごめんなさい、迂闊《うかつ》でした」

〈いや、俺も温泉の色に夢中で、すっかり失念していた。でもこの温泉は危ないな。浸《つ》かってゆっくりしてたら、火山ガスで中毒死してしまうかもしれない〉

「温泉に浸《つ》かると、顔の位置は豚さんよりも低くなりますからね」

〈入るのはやめておいた方がいいかもしれないな〉

「ええ……」

そういえば。

〈ジェス、さっきは何か、見つけたのか？〉

「そうなんです。温泉の底の方に、太陽の光にきらりと輝く何かが……」

ジェスは立ったまま温泉の底を見下ろし、換気をしている右手とは別に左手を前に出す。

豚の視点からだと最初は死角だったが、やがて、きらりと金色に光る何かが温泉の底から浮かび上がってくるのが見えた。ジェスはそれを魔法で自分の胸の前まで引き寄せると、手に取って観察する。

「これは……」

しゃがんで、俺に見せてくる。

金でできた、正十字のペンダント。見覚えがある。ブラーヘンの街中にあった妹まちの兄《きょう》妹《だい》像で、兄が握っていたものとそっくりだ。

地の文を読んだのか、ジェスは頷《うなず》く。

「妹まちの作中では、妹が兄に、十字のペンダントを渡すんです。金のペンダントです」

雲が流れて、太陽を覆い隠したようだ。差し込む光が途端に暗くなる。ジェスが魔法で換気するのをやめたからか、再びつんとする火山ガスのにおいが漂ってくる。

真実は、そういうことだったのか。

〈色の変わる温泉の謎は解けたな。街に降りて、宿を取ろう〉

俺のテンションに、ジェスは不穏なものを感じ取ったようだった。ペンダントをそっと温泉の脇に置いて、頷《うなず》く。

「はい、そうしましょう」


来た道を戻りながら、ジェスは俺に訊《き》く。

「なぜあそこに、十字のペンダントがあったのでしょう」

〈……知りたいか？〉

ラッハの谷《たに》でのジェスの後悔を思い出して、念のために訊《き》いた。

それは、知る覚悟があるかという問いでもあった。

秘密を暴《あば》くことには、いつだって危険が伴う。真実は、怪物の姿をしているかもしれないのだから。

ジェスはしばらく悩んでから、頷《うなず》いた。

「豚さんが気付いてしまったのなら、私にも話してほしいです。嫌な思いをしてしまうかもしれません。でも無知のままでいるのは、やっぱり嫌ですから。真実に向き合います」

〈さすがジェスだな。真実は恐ろしいかもしれないが、そこから目を逸《そ》らすのはよくない。立

派な選択だ〉

「ありがとうございます」

真剣なまなざしを受けながら、言葉を選んで伝える。

〈あそこにペンダントがあった理由を考えるには、まず別の謎を明らかにする必要がある。それはつまり、なぜあんなところに秘密の温泉があるのか〉

ジェスは首を傾《かし》げる。

「そこにお湯が湧くから……ではいけないんでしょうか」

登山家みたいなことを言う。

〈言い方を変えよう。なぜ温泉を独占しようと固執する領主のもとで、あんなあからさまな脱法温泉が残されていたのか。ご丁寧に温泉へ行くまでの道のりも示されてるよな〉

ジェスは足元を見る。ちょうど二等辺三角形に削られた例の岩を通り過ぎるところだった。

「確かに……聖堂の床には、温泉を勝手に掘ろうとした人が冥界《めいかい》へ引きずり込まれる説話がありました。湯は冥界《めいかい》の恵みなり——聖堂を通さない温泉ですから、見つかれば領主さんが放置しておくのはおかしいかもしれませんね」

〈そうだ。温泉の独占によってブラーヘンを支配していた領主が、自分の管轄外になる温泉が勝手に楽しまれるのを見逃すとは考えにくい〉

風が冷たい。温泉の湯気が恋しくなる。

「領主さんは、あの秘密の温泉のことを知らなかったとか……？」

ジェスの提示した可能性に、俺は首を振る。

〈三角形の岩で道が示されてるのに？　この源泉の持ち主は他でもない領主だろう。俺たちでも辿《たど》り着《つ》けたような秘湯を、領主が知らなかったはずがない〉

「そうですよね。ううん……よく分かりません」

優しいジェスには分からないかもしれない。こんな悪意がこの世に存在するなんて。

〈じゃああの秘湯のことを思い出してみよう。あれに入った人は、どうなるか〉

「色の変わる温泉が楽しめます」

〈楽しんで終わりか？〉

俺の暗い表情に気付いたのか、ジェスは少し考えて、はっと口に手を当てる。

「温泉からは有毒ガスが出続けていました。空気より重いガスは、風がやんでしまえば、洞窟の中を満たしていきます」

〈ああ。死ぬんだよ。領主の目を逃れて、秘密の温泉を楽しもうとした人間は〉

魔法で換気ができたら話は別だがな。

〈あの色が変わる温泉は、おそらく、領主があえて残しておいたものだ。三角形の道しるべも、ひょっとすると領主が用意したものなんじゃないか。そうした理由は一つ。勝手に温泉を盗もうとする不届き者を、有毒ガスで殺すため〉

それがどう十字のペンダントの謎につながるのか、ジェスにもなんとなく分かったらしい。

下唇を噛《か》んで、ジェスは下を向く。

「では妹まちの結末は……兄妹《きょうだい》が結ばれて天に昇ったというのは……」

〈作者は知っていたんだろうな。色が変わる魔法の温泉の正体が、不届き者を葬《ほうむ》るための死の装置だったと。天に昇ったというのは、えっちな意味じゃなくて、あの温泉で二人とも心中したということだったんじゃないか〉

一陣の冬の風に、ジェスはきゅっと身を縮める。

しばらくの沈黙があった。

「それでは、行方不明になった作者さんとお兄さんは……」

ジェスは言葉を続けない。言わせるのも酷だ。俺が代わりに続ける。

〈作中の兄妹《きょうだい》と同じだろう。あの温泉で心中したんだ。二人で温泉に入り、一緒に息絶えた〉

しかし遺体はなかった。なぜか。

それはブラーヘンの温泉の性質を考えれば分かる。

〈酸性の温泉は、時間をかけて遺体を分解し、骨まで溶かす。服や靴も、溢《あふ》れ出《で》る温泉でボロボロになって、流されたんだろう。残るのは、酸に侵されず、水に流れることもない、金のペンダントだけだった〉

気を取り直して、俺たちは聖堂近くの温泉宿に入った。温泉宿といっても、山奥にあるような古びた木造のあれではない。黒いガラス質の火山岩で建てられた、おしゃれな佇《たたず》まいの宿屋である。公衆浴場が併設されているらしい。

少し足を休めてから、俺たちは公衆浴場に行った。黒を基調として造られた、天井の高い、清潔感のある大浴場。リスタで光っているらしい大きなシャンデリアがドーム屋根からぶら下がり、オレンジ色の光を仄暗《ほのぐら》い空間に投げかけている。

シャンデリアの下には、何十人も入れそうな円形の浴槽があった。乳白色の温泉で満たされている。換気はばっちりで、ガスのにおいは薄い。時間帯のせいなのか、そもそも客が少ないのか、他に客は見当たらなかった。混浴のようだから、貸し切りできるのはありがたい。

「他に人がいないのですから、タオルでいいのではありませんか？」

〈ダメだ。入っている途中に男が来たらどうするんだ〉

俺は入浴時のジェスの格好について、一歩も譲らなかった。

伏線はきちんと回収しなくてはならない。

交渉の甲斐《かい》あって、ジェスは仕方なさそうに笑って承諾してくれた。すうっと息を吐いて、つま先でくるりと回転する。ジェスの着ていた服が空中へ溶け出すようにするりと脱げ、自動的に畳まれて台の上に置かれた。

脱衣後のジェスは裸ではなかった。俺の思い描いていた通りの姿。

スク水姿だった。

細かい繊維によって編まれた伸縮性のある黒い生地が、ジェスの身体《からだ》を肩から下腹部にかけて覆っている。健全だ。ぴっちりとしてボディーラインが丸見えとはいえ、布で覆われているから健全と言う他ないだろう。控えめな胸が布の張力によって押し潰されているのも、きわめて健全な証拠。股間はV字の布によって密着するように守られているので健全だった。なぜかソックスを履いたままなのも健全ポイントが高い。

「どうですか、豚さんのご要望通りになっていますか？」

〈あ、ああ、すごく健全で、いいんじゃないか〉

パッドのことを伝え忘れていたのは失敗だった。中高と男子校だったし女きょうだいもいないから知る由《よし》もなかったが、こうして実物を前にすると、胸の部分の生地の内側にはパッドのような構造が必須だったということが明らかだ。もちろん、この格好が健全であることに変わりはないのだが。

「ぱっど……？」

首を傾《かし》げるジェス。伝わらないか……伝えるのも酷だよな……それならば――

俺の脳裏を、天才的な閃《ひらめ》きが駆け抜ける。

〈すっかり忘れていた、名札がないといけないんだ〉

俺は前脚を使い、空中に日本の文字を描いて教え、それが書かれた長方形の白い布をジェスに魔法で創ってもらった。胸の部分に貼り付けて、完成だ。

胸を覆う白い名札に、黒い文字で、「じぇす」。

これで完璧だ。健全だ。不思議な湯気の力を借りなくて済む。

〈いいな、似合ってるぞ〉

満足して言うと、ジェスはにこやかにこちらを見下ろした。

「今回だけですので、目に焼き付けておいてくださいね」

そして後ろを向くと、お尻の部分の生地を引っ張って伸ばした。指が離れる。パチン、と軽い音がして、スク水の生地がジェスの柔らかそうなお尻を弾いた。

この少女、強い……！

この子は何が男に刺さるのかを熟知している。恐ろしい女だ。格好は健全だが。

そして、ジェスはソックスを脱ぎ、健全な格好のまま浴槽に浸《つ》かった。

「気持ちがいいですね、柔らかくていいお湯です」

誘われて、俺も恐る恐るジェスの隣に浸《つ》かる。一段浅くなっているところに立てば顔が出せる。仄《ほの》かな硫黄《いおう》化合物のにおいが心地よい。じんわりと身体《からだ》が温まっていく感じがする。ジェスの言う通り、確かに水は柔らかい――というか、全然水の抵抗を感じないくらいだ。

ん……？

ジェスが突然こちらを向く。そして微笑《ほほえ》んだかと思うと、スク水の肩の部分をずらし始めた。

〈おいおいおいおい何やってるんだ〉

焦《あせ》る童貞に、ジェスは悪戯《いたずら》っぽく歯を見せる。

「脱いでいるんです。お湯が白いから、裸になっても見えませんよ」

魔法で着脱できるのになぜわざわざ手で脱いでいるのだろう、などと思っていると、ジェスはわざわざ俺の目の前に来て、肩の部分から腕を抜いた。目の前で少女が脱いでいる。温泉の感想どころではなくなってしまった。童貞には刺激が強すぎる。

「全部、脱いじゃいました」

白いお湯が、ギリギリのところでジェスの胸を隠している。これは健全ではない。

〈な……なんで脱いだんだ〉

「豚さんがブヒブヒ喜んでくださるかな、と思って」

ブヒブヒ！！！！

〈いや、無理しなくていいからな……〉

「無理はしてませんよ」

気持ちよさそうに目を閉じて、ジェスはお湯を手で肩にかける。水面が揺れて、出版可能ラインの上下を行き来した。俺はこっそり目を逸《そ》らす。

「こっそり目を逸《そ》らさないでください」

地の文を読まれた。

むすっと頬を膨らませて、ジェスは顎まで温泉の中に沈み込む。

〈見たくないのなら、はっきりそう言ってほしいです」

〈見たくないわけじゃないが……見たくても見ちゃいけないものってあるだろ〉

「そうですか……？」

ジェスは不満げに俺を見た。

「目を逸《そ》らすのはよくないことだと、豚さんが教えてくださったんですよ」

〈それは真実の話じゃなかったか。真実とおっぱいは全然違うだろ〉

唇を尖《とが》らせるジェス。

「私が真相を知りたがるのは、豚さんが私の下着を見たがるのと同じで自然なこと——豚さんはラッハの谷《たに》でそうもおっしゃっていたはずです」

おっぱいとおぱんつの違いを論じてみようと思ったが、どうも筋が悪い。

〈そんなこと言ったっけか〉

と俺はとぼけることにした。

「都合の悪いことからは目を逸《そ》らすんですか」

まあ人間の脳みそっていうのは、そういうふうにできているものだ。俺は豚だが。

〈いや、主張が一貫してないのはよくないな。俺は、こんな豚におっぱいをまじまじと見られ

るのは女の子なら誰だって嫌だろうという合理的配慮に基づいて目を逸《そ》らしたんだ〉

ジェスはむすっとを通り越してぷんすこと頬を膨らませた。

「嫌じゃないです。豚さんになら、私は身体《からだ》のどんなところを見られてもかまいません」

それはかまってほしいかな……。

ジェスは俺の目の前に来た。澄んだ茶色の瞳が俺を見つめる。

「もっと私を見てください。目を逸《そ》らさないでください」

ジェスがここまで強く俺にお願いをしてくることは、そう多くない。

〈努力する〉

俺は勢いに押されてそう伝えた。

乳白色の水面には、脱ぎたてのスク水がぷかぷかと浮かんでいた。


「ええぇ～まだ寝たくないです～おしゃべりしましょうよ～」

小さな寝室にジェスと二人。床に丸くなり、ぽかぽかと温まった脳に心地よい眠気を感じながら、俺はジェスが駄々をこねるのを聞いていた。

ジェスはベッドの上で横になり、掛布《かけぶ》団《とん》を抱き枕のように抱えて、芋虫のようにもぞもぞ動いている。寝間着の裾が乱れ、丸くくびれた腰が露《あら》わになっているのに気付いてしまった。俺はそっと目を逸《そ》らした。

「あ！　豚さん、また目を逸《そ》らしましたね」

芋虫がごろんと寝返りを打って、こちらに顔を向けてきた。

「最初のころはいっつも私のことを見ていてくださったのに……」

〈もう遅い。そろそろ寝よう。明日は早いんじゃなかったか〉

「話も逸《そ》らす……」

不満そうな目がこちらに向けられるのを、豚の広い視野が捉えていた。

しばしの沈黙。ジェスの目は眠そうだった。俺も眠い。あと一〇分もすれば、二人して夢の中だろう。温泉の効果は絶大だ。

呟《つぶや》くような、ジェスの声が聞こえる。

「私、目を逸《そ》らさない豚さんが好きです。真実からも、現実からも、運命からも」

灯《あか》りは壁にかかったランプだけ。ジェスの目が光を反射してきらりと光っている。

返す言葉が見つからなかった。

「もちろん、今はそうじゃない、と言うつもりはないんですが……」

その通りだ。俺は何かから目を逸《そ》らすような男ではない。もちろん、太陽みたいに眩《まぶ》しすぎるものは別だが……。

俺が何も伝えなくとも、ジェスは独白のように続ける。

「豚さんは、いつか必ず真実に辿《たど》り着《つ》いてしまう人です」

その響きは、どこか物憂《ものう》げでもあった。

「何か大きな秘密が暴かれて、怪物のような真実に直面しても、豚さんは目を逸《そ》らしたりしない人だと、逃げたりしない人だと……私はそう思いたいです」

そのとき俺に向けられていたのは、どこか縋《すが》るような目だった。

大きな秘密――何のことを言っているのだろう？　具体的なことなのだろうか？　見当もつかなかったが、俺は頷《うなず》く。

〈そう思って大丈夫だ。俺は真実からは目を逸《そ》らさない〉

「本当ですか？」

〈本当だ〉

ジェスはそれでも、何かを恐れている様子だった。

「……では、もし私が、本当はとっても悪い子だったらどうしますか？　すごくえっちな子だったらどうしますか？　それでも豚さんは、逃げずに私のそばにいてくださいますか？」

〈えっちなのか〉

「知りません。人並みだと思います」

このメステリアでの人並みの基準が分からないな……。

風呂《ふろ》上がりは気持ちがよく、油断すれば今にも夢の世界へ吸い込まれてしまいそうだ。

　しかし、問いには答えなければならないだろう。

〈……逃げたりはしないさ。どんな側面があっても、ジェスはジェス、俺にとって一番大切な人だ〉

　格好をつけすぎただろうか。

　ぼふんと、ジェスは枕に顔を埋めた。

「一番大切な人のそばから、いなくなったりしちゃいけないんですからね」

　聞こえてきたのは、くぐもった声。

　その弱々しさに、俺は言葉を見つけられなかった。

「……ごめんなさい、変なことを言ってしまいましたね」

〈いや……〉

　ジェスは寝返りを打って天井を見る。

「明日は日の出ごろにここを発《た》ちます。今夜はしっかり寝て、身体《からだ》を休めましょうね」

〈温泉のおかげで、よく眠れそうだ〉

「そう、ですね……」

　ジェスはまだしゃべり足りないようだったが、それでも睡魔に襲われているのが声色からはっきりと分かった。俺も眠い。

　いつおやすみを言ったのかも分からない状態で、俺たちは眠りに落ちた。

第三章

冴えない童貞《ヒーロー》の育てかた

the story of
a man turned into
a pig.

パカパカと鳴る蹄《ひづめ》の音。石に当たって跳ねる車輪。軋《きし》む車軸。揺れる床。

俺たち二人を乗せた馬車は、北へ向かって爆走する。

「すみません！　妖精《ようせい》の沢《さわ》はこの辺りですか？」

前方の窓を開け、ジェスは御者に呼び掛けた。

「妖精《ようせい》ん沢《さわ》？　ああ、確かにこの辺だべ」

風の音に紛れて、御者のしわがれた声が聞こえてきた。

「行き先を、変えていただくことはできないでしょうか」

「妖精《ようせい》ん沢《さわ》にぃ？」

御者は前を向いたままだが、不審がっているのが声の調子から読み取れる。

「おめさん、アルテ平原《へいげん》さ行くんでねかったか？　もつろん妖精《ようせい》ん沢《さわ》ぁ行ってもええけども、あそかぁ、ほんとになあんもねえべ」

「いいんです。妖精《ようせい》の沢《さわ》に、お願いします」

「あいよ！」

重ね重ね礼を言ってから、ジェスは窓を閉める。その視線は反対側、馬車後方の窓へと向けられた。どこか不安げな様子で、茶色の瞳がきょろきょろ動く。豚の視点からでは、ジェスが何を見ているのか分からない。

〈どうした、やけに後ろを気にしてるな。何か来てるのか？〉

ジェスはハッとした様子で床の俺を見下ろす。

「いえ、なんでもありませんよ」

ジェスがこういうことを言うときは、大抵なんでもなくはないのだ。

「ごめんなさい、あの……大丈夫ですから、気にしないでください」

ジェスの手が膝の上でぎゅっと握られ、スカートの裾が少し上がる。もしかすると、と振り向けば、そこには素晴らしい景色が広がっていた。馬車は狭く、俺はジェスの足元に丸まる他ない。すると目に映るのが、ほどよく肉の付いた健康的なジェスの脚。白く長い靴下がそれを膝の上まで覆っている。その奥にはあらゆる男の憧れである絶対領域がもっちりと陣を構えており、チラリと覗《のぞ》く秘蜜の花園を左右から庇《かば》い守っているのだった。

「……秘密の花園に、行ってみたいんです」

ジェスに言われて、純白のおぱんつから目を逸《そ》らす。

〈なんだって？〉

「妖精《ようせい》の沢《さわ》という場所です。めったに人の寄りつかない場所にあるんですが……毎年春になると、白く美しい花が咲き乱れるそうですよ」

〈まだ冬だが……〉

「この時期にも、お楽しみはあるはずです」

詳しくは語らずに、ジェスは微笑《ほほえ》んだ。

道が悪くなってきたのか、馬車の揺れは一層激しくなってくる。ひらひらと舞うジェスのスカートを、俺は見守ることにした。

誰かよからぬ者がおぱんつを盗み見たりしないよう、気を配らなければならない。


馬車は何もない森の中で止まった。外に出る。落葉広葉樹林の中だから、どの木も葉が落ちていて、林床は明るく見通しがいい。白く曇った空の下、寒い風が木々の間を吹き抜けていく。

「こん細い道さ、まっつぐ行きゃ妖精《ようせい》ん沢《さわ》だはんで」

肌の浅黒い、人のよさそうな御者のおっちゃんは、御者台に座ったまま、皺《しわ》だらけの手でジェスから運賃を受け取った。

「ほんとにここらでいいべ？」

「ええ、大丈夫です」

目を覆い隠すほどに伸びた眉毛を、おっちゃんは怪訝《けげん》そうに上げる。

「せばいんだけどよ。……嬢ちゃん、車ん中で誰かとしゃべっとったね？」

ジェスはびくりとして俺を見る。おっちゃんは身を乗り出して俺の方に顔を向けた。

「あの、いえ、誰とも……」

否定されるのはなんだか悲しかったが、豚が言葉を理解するという面倒な説明を、俺の気持ちのためだけにジェスに強いることはできない。

納得のいかない顔をしながら、おっちゃんは姿勢を戻した。そりゃそうだ。美少女の旅の連れが豚だなんて、誰が見てもおかしいだろう。不似合いな組み合わせだ。

俺はまた、あの豚足の置き場所に困るような、微妙な居心地の悪さを感じていた。

「気い付けな。ここんとこ物騒な話さよく聞くでね。娘っこ一人じゃ、いつ狙われっか分かんねはんで。せばなあ」

パチンと鞭《むち》を鳴らして、馬車は俺たちから離れていった。ジェスはしばらくお辞儀をして馬車を見送った。小間使い時代の癖だろうか。

お辞儀をやめると、ジェスは遠足前の小学生のような笑みで俺を見てくる。

「では豚さん、行ってみましょう、妖精《ようせい》の沢《さわ》！」

てくてくと、俺たちは馬車も通れないような狭い道を三〇分くらい歩いた。ひとけのない森の奥。道が途切れ、視界が開けたところで、ジェスは「ここです！」と声をあげる。

そこは果樹園のようだった。もっと言えば、リンゴ園だ。細い枝を伸ばした背の低い木が、間隔を空けて植わっている。だいぶ葉が落ちているから、広大な畑の全貌を見渡すことができた。リンゴ園だと分かったのは、遠くに、木々に赤い実のなった区画があるからだ。土と枯れ葉の落ち着いた香りが、冬の風に乗って運ばれてくる。

〈目的地だったアルテ平原《へいげん》ってのは、リンゴの一大産地だったな。ここもそうなのか？〉

俺の質問に、ジェスは頷《うなず》いて答える。

「そうです。ここに咲き乱れる白い花というのは、リンゴの花……この妖精《ようせい》の沢《さわ》は、アルテ平原の外れにあるんですよ」

行ってみましょう、とジェスは実のなっている方へ歩き出した。

〈ジェスの言ってたお楽しみっていうのは、リンゴのことだったんだな〉

「ええ。でもそれだけじゃないんです。この妖精《ようせい》の沢《さわ》には、ある噂《うわさ》があるんですよ」

またしても噂《うわさ》。物を盗む幽霊、色の変わる魔法の温泉——ここ数日、俺たちは噂《うわさ》を検証し、そして思いもしなかったような真実に辿《たど》り着《つ》いてきた。

今回もそうなのだろうか。

〈どんな噂《うわさ》なんだ〉

訊《き》かれると、ジェスは嬉《うれ》しそうに話す。

「この妖精《ようせい》の沢《さわ》には、名前の通り、妖精さんが棲《す》んでいるという噂《うわさ》があるそうです」

ほう。

〈妖精って実在するのか〉

メステリアは剣と魔法の国。幽霊は確認できなかったが、妖精くらいならいてもおかしくは
ないだろう。

「いえ……えっと、いるかもしれませんが、いることは証明されていませんね」

限界理系オタクみたいなこと言うようになっちゃったな。誰に似たんだ。

「……実際に存在が確認されているものには、ちゃんとした種族名がありますから。私たちの与《あず》り知らない存在のことを、メステリアでは幽霊とか妖精と呼んでいるんです」

詳しく補足してくれて助かる。

〈なるほど。とすると、このリンゴ園には、何か我々の与《あず》り知らない存在がいる——つまり不可解な現象が起こっているということだな〉

「ええ、さすがは豚さんです！」

さすぶたいただきました。

にっこりと笑って、ジェスは立ち止まる。その目の前には、大きなリンゴが一つ。ちょうど収穫時期なのか、きれいに赤く染まっている。

「ここでは毎年、誰も管理していないのにたくさんのリンゴが実るそうです。きっと何か、秘密があるんだと思います。どういうことだか、気になりませんか？」

気になるというか……

〈人が管理してないとおかしいんじゃないか〉

「え?」

断言する俺に、ジェスは首を傾《かし》げた。

〈リンゴっていうのは普通、一つの芽から五、六個の花が出るんだ。順当に全部受粉したら、五、六個の小ぶりな実がなってしまう。摘果という作業をして、その中から一つだけ厳選することで、初めてこういう立派な実がなる〉

「ほほう」

変な声を出して、ジェスは顎に手を当てた。

〈それにこの赤い実だ。普通に放っておいたんじゃ、こんなきれいな赤色にはならない。葉っぱが被《かぶ》って陰になったところは緑っぽくなっちゃうからな。リンゴの上の葉を取り除く作業をしないと、こう真っ赤になるはずがないんだ〉

「そうなんですね……。でも、木の一本一本を回って実を厳選したり葉を取ったりというのは、すごく大変そうです。この広いリンゴ園でそんなことをするとなると……」

〈そうだな、相当な労力だ。きっと暇な妖精さんがいるんだろう〉

つまり問題は、どうして人知れずリンゴが実るのかではなく、誰が人知れずリンゴを実らせているのか、ということになる。

ジェスはしばらく考えていたが、やがてその瞳がきらりと光って、周囲を見回し始める。

「では、誰がそんなことをしているんでしょう。どうしてそんなことをしているんでしょう」

続く言葉は予想できる。

わたし――

「夕方まで時間があります。一緒に考えてみませんか？」

予想はあっけなく外れた。気になりますと来るものだと思ったが。

〈いいだろう。俺には豚の嗅覚がある。案外簡単に突き止められるかもしれないぞ〉

「ありがとうございます！」

ジェスは嬉《うれ》しそうに、胸の前で拳をぎゅっと握った。

〈においを辿《たど》るにしても、まずはそのにおいを見つけないといけない。どこを探せばいいか考えてみよう〉

リンゴ園を歩きながら、ジェスに伝えた。漂う風にはほんのりとリンゴが香る。

「管理している方がいらっしゃるとして、その方が最近来ていそうな場所、ということですね」

思い当たるところがあった。

〈ジェス、今このリンゴ園には、ほとんどリンゴの実が残ってないよな。さっき実ってたのは、

おそらく熟すのが遅い品種、晩生種《ばんせいしゅ》だ。ここに実るリンゴの多くは、秋のうちに熟しきってしまうんだろう〉

俺の言葉に、周囲を見回すジェス。残っている木のほとんどは、黄色く染まった葉が少し残っているか、もしくは裸に近い状態だった。俺たちがさっきいた付近と、他にもう一ヶ所だけ、まだ赤い実の残る区画がある。

「閃《ひらめ》きました！　リンゴは収穫されなければ、地面に落ちて腐ってしまいますよね」

〈そうだ。だがこのリンゴ園は、別に腐ったリンゴで溢《あふ》れ返っているわけではない。つまり誰かがちゃんと収穫して、どこかへ運んでいるはずなんだ〉

もちろん、ただ市場へ出荷しているのだったら、妖精の噂《うわさ》が立つこともないだろう。何か条件が重なって、収穫されたリンゴは人知れずどこかへ消えていると推測できる。

ふむふむ、と隣でジェスが考える。

「とすると、最近収穫されたところを探せば、手掛かりが見つかるかもしれないですね」

〈ああ。収穫途中の場所、だと分かりやすいかもしれない。あっちのリンゴの木を見てくれ〉

進行方向を鼻で示す。そこにある木にもリンゴが実っているのだが、それは右側半分だけで、左側半分にはもう実がついていない。

「あれは……半分だけ収穫されているということでしょうか。行ってみましょう！」

駆け寄って木の根元を調べると、荷車の車輪の跡が見つかった。

〈収穫されたリンゴは、荷車に入れられて、どこかへ運ばれたんだ。荷車がいっぱいになったから、この木の収穫は半分で止まったんじゃないか〉

「つまりこの車輪の跡を辿《たど》れば……」

〈リンゴの行き先も、それを収穫している人の所在も分かるはずだ。そしてその人を探れば、なぜリンゴの世話を妖精がしていることになっているのかも、明らかになるだろう〉

「ですね！」

トントン拍子に進み、むしろ手応えがなくて物足りないくらいだ。

〈な、簡単だったろ。幽霊の噂《うわさ》にも妖精の噂《うわさ》にも、結局は理由があるんだ〉

返事がない。ジェスの目はすでに、荷車の轍《わだち》が行く先へと向けられている。

〈どこへ続いてるか、気になるか〉

「ええ、気になります」

言わせてしまった。

〈行ってみよう〉

俺は地面を嗅ぎながら、轍《わだち》を辿《たど》り始めた。ジェスも俺のすぐ横をついてくる。いつ見てもきれいな脚だ。すらりと細いようで、ふくらはぎは筋肉でぷっくりと膨れている。その輪郭は柔らかそうな皮下脂肪で優しく均《なら》され、奇跡的な曲線を描き出す。

「何かにおいはしますか？」

訊《き》かれて、ジェスのふくらはぎを嗅いでみる。

〈花も恥じらう金髪美少女の香りがするな〉

「どうして私の脚のにおいを訊《き》いたと思ったんでしょう……」

寒さからか羞恥からか頬をほんのり染めて、ジェスは呆《あき》れたような表情を見せた。

〈すまん、脚のことを考えていたから……〉

「今はリンゴのことを考えてください」

ジェスは歩みを遅め、俺の視界から一歩下がった。残念。

「脚は夜にいくらでもお見せしますので」

それでいいのか……？

俺は改めて地面を嗅いでみる。

〈言わずもがな、リンゴのにおい。それから車輪に使われているだろう鉄の錆《さ》びたにおい。そして革製品のにおいと……なんだろう、炭のような、煤《すす》のようなにおいだ〉

「それを追いましょう！」

警察犬になった気分で、轍《わだち》を辿《たど》り、土を嗅ぎながら歩く。地面が枯れ草に覆われて車輪の跡が見えない場所では、嗅覚が役に立った。

やがて俺たちは、川に突き当たった。幅二〇メートルはあるだろうか。冷たそうな澄んだ水の奥に、丸い石の転がる川底が見える。そこまで深くはなさそうだが、泳いで渡れと言われたら気が引けるくらいの小川だ。

その畔《ほとり》、轍《わだち》の一旦突き当たった場所の土の上に、真四角の大きな白い石が立っていた。石碑だろうか。高さはジェスの胸くらい。奥行きが少し小さい、直方体の石だ。長い年月を雨風にさらされて風化したのか、角が取れて丸くなっている。

「何でしょう、この石……」

ジェスはしげしげと観察した。

〈リンゴのにおいが、この辺りで強くなってる〉

地面を嗅ぐと、川べりで途端に甘い香りが強くなってきた。一歩踏み出せば川、という土の上では、他の比ではない濃さのにおいがする。リンゴが地面に直接触れたのだろう。

〈リンゴはここで、荷車から降ろされたんだな〉

「つまり……ここでリンゴを船に載せたということでしょうか」

〈どうだろう。船を係留した形跡がない。そもそもこの岸は川が浅くて、船を寄せるのが難しいんじゃないか〉

「確かにそうですが……じゃあここに来たリンゴは、どこへ行ったのでしょう」

船に載せたのでなかったとしたら、どうしたのだろうか？　この謎は、妖精が噂《うわさ》されるようになった理由──言い換えると、誰かがここからリンゴを出荷しているという現実が周囲には知られずにいる理由──へと直結しているように思えた。

〈可能性を考えてみよう。一、対岸に投げた〉

「……全部ですか？」

野球の練習じゃあるまいしな。

〈二、川に流した〉

「もったいないですね……」

せっかく栽培したのに。

〈三、ここで全部食べた〉

「食いしん坊さんですね」

というか化け物では？

〈どうも判断材料が少ない。もう少しここを見て回ろう〉

ジェスはにっこりと頷《うなず》いて、白い石碑の前にしゃがみ込んだ。

風にさらされたふとももが寒そうだ。大丈夫だろうか。

「あの、私のふとももではなくて、手掛かりを探してくださいね」

ジェスはむすっとした顔をつくってみせて、スカートを手で寄せてふとももを隠した。

〈ジェスのふとももに手掛かりが隠されている可能性も否定できないだろ〉

「それなら豚さんのお肉の中に手掛かりがある可能性も否定できませんね」

〈悪かった……食べないでください〉

指を鉤爪《かぎづめ》のように曲げて「がおー」と言ってくるジェスから、俺は急いで遠ざかる。

ジェスになら食べられてもいいと思ってしまったのは内緒だ。

日ごとに荷車が来ているようで、車輪の跡がいくつも見つかった。どれも川岸に着くと、方向転換して引き返している。あの煤《すす》のようなにおいは、さっき辿《たど》ってきた方向とは別の方へも伸びていた。ただ、そちらからリンゴのにおいはあまりしない。やはり川でリンゴをどうにかしているのだ。だが船がつけられないとなると……。

「豚さん、こっち！」

ジェスに呼ばれて、白い石のところへ戻る。

「表面が溶けてしまっているので読みづらいですが、石碑に文字が彫られています。こちらとこちらに、言葉が一つずつ……お名前でしょうか。片方はポミーと読めます」

〈どうした〉

なるほど？

〈とするとこれは墓か〉

「そんな気がしますね……」

名前だけ彫られた石碑。墓くらいしか思い当たらない。なんとなく嫌な予感がしてくる。

怪物の潜む洞窟に、近づいているかのような予感が。

〈……俺の方は、ここから折り返してリンゴ園とは別の方に向かう轍《わだち》を見つけた。それを辿《たど》れ

ば、何か次の手掛かりが見つかりそうだ〉

「ではそちらへ行ってみましょうか」

ジェスの探求心は弛《たゆ》まない。俺は頷《うなず》く。

〈こっちだ〉

川沿いに、上流の方へと向かう。荷車を押して何度も通ったのか、土が踏み固められて歩きやすい道になっている。車輪の跡は心なしかさっきよりも浅い。リンゴを積まずに荷車を押したからだろう。あの場所でリンゴを投げるなり流すなり食べるなりした後は、必ずこの道を歩いているのだ。

「川沿いにお墓を立てたのだとすれば……亡《な》くなった方は水死だったのでしょうか」

ジェスがぼそりと言った。

〈どういうことだ〉

「あの辺りは浅くて、流れが緩やかになっていました。もしかすると、あの場所にご遺体が流れ着いたのかもしれません」

なるほど、鋭い。

〈確かに、そうかもしれないな。普通は洪水とか侵食を避けるために、あんな場所を墓には選ばないだろうし……理由があってあそこを選んだとすれば、遺体を見つけた場所だと考えるのが自然だ〉

「その場所へ、収穫されたリンゴを何度も運ぶ人……」

ラッハの谷《たに》の幽霊や、ブラーヘンに消えた兄妹《きょうだい》を思い出す。面白半分に噂《うわさ》されるような謎の数々。真相を掘り起こしてみれば、実のところ、それは切実な想《おも》いの結像だった。妖精《ようせい》の沢《さわ》に実るリンゴも、もしかするとそうなのではないか。

ぱっと視界が開けた。森の木々を切ってつくられた空き地に、メルヘンなログハウスがぽつんと建っている。こまめに手入れされているのかこぎれいな外観で、金属の煙突からはもくもくと灰色の煙が立ち上っている。ログハウスの前には、簡素な屋根に守られて大量の薪が積まれている。

そして薪の前には、ぽつんと荷車が置かれていた。

「どなたか住んでいらっしゃるようです」

ジェスが俺に囁《ささや》いた。

〈これ以上詮索するのも悪いだろう。引き返すか〉

「……ええ、そうですね」

ジェスの声は残念そうだった。真実まであと一〇メートル。だが、墓を見た後で、この藪《やぶ》をつつく気にはならない。

引き返そうか、とアイコンタクトをしたそのとき。

ガタリと音がして、ログハウスの扉が開いた。

老人の顔が覗《のぞ》く。真っ白な髪をきれいに整えた、上品な身なりの痩せた男だ。

「おや、わざわざこんなところへ！　リンゴ園を見に来たのですかな。寒かったでしょう、ぜひ中へいらしてください」

老人はこちらを向いてにっこり笑った。

ジェスは心の声で俺に訊《き》いてくる。

――どうしましょう、行って大丈夫だと思いますか？

〈悪い人には見えないな。いざというときは魔法がある。俺も気を張っている。謎を解き明かしたいなら、話を聞いてみてもいいんじゃないか〉

ジェスはごくりと唾を飲み込んだ。

――ええ、ここまで来たのですから、お話を聞いてみたいです
ジェスは一歩を踏み出す。俺はぴったり横についていく。

「お邪魔してすみません！　私、ジェスと申します。妖精がリンゴを実らせるという噂《うわさ》を聞いて、ちょっと気になったものですから……」

好々爺《こうこうや》は白い眉を上げる。

「そうでしたか、そうでしたか。確かにそういう噂《うわさ》はあるようですね。もしよかったら、わけをご説明しますよ」

「本当ですか！」

ジェスは少し早足になって、ログハウスへ向かった。

「狭い我が家ですが、よろしかったらゆっくりしていってください」

開かれた扉から中を覗《のぞ》くと、明るく暖かな光が壁の木材を照らしていた。丁寧な暮らしという言葉が似合う内装で、レースのカーテンや木彫りの置物、落ち着いた色のタペストリーなど小物の一つ一つにまで気が配られている。家具は全部木製だ。辿《たど》ってきた煤《すす》のにおいは、どうやら奥で赤々と燃える暖炉が出どころらしい。

「お邪魔します」

頭を下げて中へ入る、豚を連れた金髪の少女。傍《はた》から見ればおとぎ話のワンシーンみたいだろうなと思った。

「フェリン、お客さんだべ！」

老人は俺たちを迎え入れると、家の奥に声を掛けた。

促されて、ジェスはおしゃれな木の椅子に座った。その脇で俺は床にお座りする。

「お茶を淹《い》れますからね、ちょっと待っていてください」

奥へ引っ込んだ老人は、しばらくすると磁器の皿とティーセットを持って戻ってきた。

「申し遅れましたね、私はアール。こちらが妻のフェリンです」

「えっ」

ジェスが素《す》っ頓狂《とんきょう》な声をあげる。驚くのも無理はない。老人の後ろに控える黒髪の女性は、多めに見積もっても四〇歳ほど。この老人の妻とは思えないほど、若かったからだ。

〈娘くらいの年齢じゃないのか、この奥さん〉

括弧をつけてジェスに伝えたが、ジェスは老人の方を戸惑ったように見たまま答えない。

〈ジェス？〉

――あ、どうされましたか？

答えようとしたところで、

「さあさあ、アップルパイとお茶をどうぞ」

とアールが皿をテーブルに置く。豚視点なのでパイは見えないが、こんがりと焼けたパイ生地と甘いリンゴの香りがほんわりと部屋中に広がっている。

アールはジェスの向かいに座り、フェリンは俺の前方、窓際《まどぎわ》の椅子に腰かける。フェリンは何も言わず、まっすぐ俺の方を見て微笑《ほほえ》んでいた。

呼ばれている気がして、俺はそっとフェリンの足元へ向かう。フェリンは少し身体《からだ》を屈《かが》め、俺のことを撫《な》でてくれた。頭を撫《な》でられるのは久しぶりだ。尻尾を振りながら顔を上げる。近くで見ると、目尻の皺《しわ》がとても優しいことに気付く。いつもこうして微笑《ほほえ》んでいるのだろう。アールにお似合いの、気品のある女性だと思った。

豚の広い視野が、後方からの刺すような視線をキャッチした。ジェスだ。いくらか年配とはいえ、俺が他の女性に撫《な》でられているのが気に入らないのだろう。俺は急いで後ずさりし、ジエスの隣へ戻った。

〈悪かった。呼ばれた気がしたから、つい〉

――いえ、別に……

拗《す》ねているらしい。ジェスの反応はそっけなかった。一方で、俺を撫《な》でたことを根にもっているのか、フェリンのことは気にしている様子だ。そちらの方をチラチラと見ている。

「あの、アールさん、奥様は……」

お茶を注いでいたアールは、ああ、とそちらを振り返る。

「挨拶がなくて申し訳ありませんね。昔はよくしゃべったのですが、今は無口になってしまいました。それもあの事故のせいで……」

言いながら、アールはジェスにお茶を勧めた。ジェスは軽く頭を下げてカップを受け取る。

リンゴの香りを含んだ湯気が俺のところまで漂ってきた。

ジェスは何が気になるのか、カップを持ったまま飲もうとしない。

〈毒は入ってないみたいだ。飲んで大丈夫だと思うぞ〉

――はい……ありがとうございます
ジェスはお茶を一口飲んだ。

「わあ、とても美味《おい》しいです」

「それは嬉《うれ》しいですな」

アールはジェスに頷《うなず》いて、横を向いてフェリンにも笑いかけた。温かそうにカップを持つジェスを、フェリンはニコニコしながら眺めている。

ジェスは悩ましげな視線をアールに向けて、訊《き》く。

「あの、事故というのは……何が……」

「アップルパイもどうぞ。ちょうど、さっき焼けたばかりですよ」

「いただきます」

ジェスはパイを頬張った。シャクリ、シャクリと、程よく火の通ったリンゴを咀嚼《そしゃく》する音がこちらまで聞こえてきた。

ジェスの表情が、ぱっと明るくなる。

「んん！　こちらも素晴らしいお味ですね、リンゴが甘酸《あまず》っぱくて」

「でしょう、ここで採れたリンゴです」

アールは孫でも見るようにジェスを眺めていたが、やがてため息混じりにぼそりと言う。

「私たちは、随分前に娘を亡《な》くしたのです。ポミーという名前でした。遊びで乗っていたボートが転覆して、溺れてしまって……それ以来、妻とここで、ひっそり二人で暮らしています」

「そう……だったんですね……」

カチャリと音がする。ジェスが食器を置いたのだろう。

ジェスの推測は正しかった。あの墓は、水死した子供を弔うためのものだったのだ。

「ジェスさんの疑問には、すぐにお答えできると思いますよ」

アールは言って、一口お茶を飲んだ。

「私が妖精だのと噂《うわさ》される理由は、大きく二つあると思います。一つは単純に、日の出のころに作業をして、日が高くなり始めるころにはこの小屋へ戻ってしまっていること。ここは交通の便が悪いですから、この辺りの森に泊まったり、わざわざ夜中に街を出発してここを目指したりしない限り、リンゴ園で作業をしている私と出くわすことはないのだと思います」

なるほど、そんな単純な理由だったか。ジェスも納得したように頷《うなず》いている。

「もう一つは幾分か複雑ですな。この大きさのリンゴ園ですから、収穫しているリンゴを街へ出荷していれば、さすがに私が妖精と間違われることもなかったでしょう。しかし私はリンゴを一切出荷していませんので、人がいると気付かれなかったのだと思います」

「出荷していない……」

ジェスが繰り返す。おそらくこの理由が、川辺で消えたリンゴの謎の答えだろう。

「ええ。リンゴはすべて、川へ流しているのです。川で溺れたポミーのために。あの子はとても、リンゴが大好きだった」

懐かしむように遠い目をするアール。ジェスの手がぎゅっと握られるのが見えた。

「亡《な》くなった娘さんのために、この広いリンゴ園を……とても愛していらしたんですね」

アールは深く頷《うなず》く。

「それに、静かな場所で果物を育てながら暮らすというのは、このフェリンの悲願でもあったのです。それが叶《かな》っているのですから、私も幸せなのですよ」

窓辺の妻に笑いかける老人。フェリンもアールに笑い返した。

娘の死を乗り越えた夫婦が、森の奥でリンゴ園を営みながら、幸せに暮らしていた。早朝に作業を済ませ、娘のことを想《おも》ってリンゴを川に流していたから、この夫婦の存在には誰も気付かなかった。それが、リ、ン、ゴ、を、実、ら、せ、る、妖、精の真相だろう。

暖炉では炎が赤々と燃え、断熱性の高い木の壁は冬の風を通さない。墓を見つけたときは身構えてしまったが、暖かい家に辿《たど》り着《つ》いてよかったと思った。

少し引っかかるところがあったのは、気のせいに違いない。


日が傾いていた。早めに出ないと街へ着くころには暗くなってしまいますよ、とアールに言われ、俺たちは妖精《ようせい》の沢《さわ》を離れることにした。目指すはアルテ平原《へいげん》を流れる大河沿いの街。そこから明日、船に乗って、願い星の輝く北へとさらに移動する予定だ。

小川沿いの小路《こみち》を二人で歩きながら、ジェスに話す。

〈そんなに悪い話じゃなくて、よかったな〉

「え……ええ、そうですね」

ん？

〈どうした、何かあったか？〉

訊《き》くと、ジェスは大きく首を振って否定する。

「いえ、違います。妖精の謎に夢中で、豚さんにリンゴを差し上げるのをすっかり忘れていたな、と思いまして……私ばっかりご馳走《ちそう》になっていました」

確かに。

〈気にしなくていい。腹は全然減ってないし、後でジェスのリンゴを食べさせてもらうから〉

ジェスはサッと手で胸を防御する。

「どういう意味ですか」

別にその小ぶりな果実に舌を伸ばすという意味ではないが……。

「そういう意味なんですね」

〈どうしてそうなった〉

勝手に地の文を読んでくるのはジェスの悪い癖だ。もちろん聞こえてしまうのだろうから仕方がないが。話を変える。

〈それにしてもさっきの奥さん、フェリンだっけか。若い人だったな。かなりの歳《とし》の差婚だろ、あれは〉

年下なんて羨ましい。

「……そうだったんですね」

〈ん？　何が？〉

俺が首を傾《かし》げると、ジェスは目を逸《そ》らす。さっきから、どうも会話がぎくしゃくしている。

ジェスは何か、他のことに気を取られているのだろうか。

「いえ、あの……豚さん、年下好きだったんですね」

そういうことか。地の文に反応するな。

〈年下好きだったらダメなのか〉

訊《き》くと、ジェスはぎこちなく笑った。

「別にいいんですが。私も豚さんより年下なので」

ストレートに好意をぶつけられ、逆に戸惑ってしまう。

〈無理にラブコメヒロインみたいなこと言わなくていいからな〉

するとジェスは嬉《うれ》しそうに微笑《ほほえ》む。

「なるほど、これがらぶこめなんですね？」

〈まあ、そうとも言えるかな……〉

なぜかラブコメにやたらこだわりをもつ、おかしな子だ。

空は赤く染まっていた。あと三〇分もすれば、周囲は真っ暗になってしまうだろう。

〈もうすぐ日が暮れる。暗くなる前に、魔法で松明《たいまつ》を創ったらどうだ〉

「魔法の灯《あか》りじゃダメですか？」

ジェスはそう言うと、身体《からだ》の周囲に白く明るい光の球を出現させた。

〈メステリアでそれが一般的ならいいんだが……魔法使いだとバレない方が得じゃないか〉

ジェスは慌てて光を消す。

「そうでした……ところで、松明《たいまつ》ってどうやって創るんでしょう」

〈簡単だ。木の棒か何かに布を巻いて、そこに燃料を染《し》み込ませるんだ。揮発性はあんまり高くない方がいい。長持ちさせたいからな〉

ジェスは木の枝を拾い、創り出した白い布をその先端に巻いていく。最後にじわっと燃料を染《し》み込ませて、火を灯《とも》した。

夕日よりも明るく見えるオレンジ色の炎が、ジェスの手元で輝いた。

「できました！」

夕日に頬を照らされたジェスの茶色い瞳が、炎を反射してチラリと光る。

「でも……よく考えてみると不思議です。どうしてこの布は、燃えないんでしょうか」

炎に包まれた布は、依然として白いままだ。

〈燃えているのは蒸発した気体の油で、液体の油は燃えないいんだ。そして布は、液体の油に守られている。液体の油の温度には上限があるから、液体の油がなくならない限り、布が燃えることはない〉

「なるほど……液体の油は燃えない……揮発性が高い油ほど一気に燃えるのは、そういうことだったんですね。蒸気になりやすいと、それだけ燃える量も多くなりますから」

〈そうだ〉

「勉強になります」

話しながら、ジェスが炎の魔法を使い始めたばかりのことを思い出す。あのときは、ジェスが必要以上に揮発性の高い燃料を創るものだから、危うく焼豚になってしまうところだった。

それが今は……

「ねえ豚さん、見てください、ほら！　炎が緑色になりましたよ！」

松明《たいまつ》の燃料をいじって遊んでいる。

〈何を混ぜたんだ〉

「硼素《ほうそ》です。オレンジと緑が混ざって、面白いですね」

油が燃える橙《だいだい》と硼素《ほうそ》による黄緑とが交わり、ところどころに黄色い光も生じている。炎の形は生き物のように踊り、色は絶え間なく変化していく。炎には、言葉にできない魔力がある。思わずじっと見つめてしまう。ジェスも同じ気持ちのようで、松明《たいまつ》の先をずっと黙って眺めていた。炎の眩《まばゆ》い魅力は、惹《ひ》きつけた視線をも焼き焦がそうとする。

俺はいつの間にか、炎ではなくて、ジェスの横顔を見つめていることに気付いた。

視線を前に向ける。

気付けば周囲は暗く、川のせせらぎと風に擦れる枝の音だけが俺たちを包んでいた。今は北向きに歩いているらしい。炎に焼かれた網膜の上に、妖艶《ようえん》に輝く願い星の赤色がチラチラと像を結ぶ。街はまだ先のようだ。ジェスは方向音痴ではないようだが、はたして常識的な時間に目的の街へ辿《たど》り着けるだろうか——

と、そのとき、蹄《ひづめ》の音が聞こえてきた。隣でジェスが足を止める。俺はジェスに身を寄せる。聞き分けるに、馬は二頭、いや三頭……こちらへ近づいてくる。

〈ジェス、炎を消して——〉

遅かった。

「お嬢さん、こんなとこで何してんだ」

粗野な男の声。暗くて顔は見えないが、金属の擦れる不吉な音とともに、銀色の刃がきらりと光った。男が馬上で剣を抜いたのだ。

「おかしなとこにいるもんだな！」

後ろから、不快に甲高い声が続いた。まだ構えてはいないが、シルエットから弓矢を持っていることが分かる。さらに後ろにもう一人。

通りすがりの少女と豚を相手に剣を抜く男なんて、ろくな奴《やつ》ではなさそうだ。

剣を抜いた男が、馬をさらに俺たちの方へ寄せた。

「可愛《かわい》い顔してるでねえか。年頃だな」

「首輪してねえ。イェスマじゃねえみてえだが」

「どこの嬢ちゃんだって関係ねえ。今は雇用中のイェスマだって構いやしねえだろが」

ジェスは唇をきゅっと結んで男を睨《にら》んでいる。どうしましょうとおろおろする様子はない。

松明《たいまつ》を刀のように構え、三人の方へ突き出した。

〈──この方たちに危害を加えたくはありません。魔法使いとバレるのも嫌です。何か、穏便に済ませる方法はないでしょうか〉

念で伝えてくるジェス。

〈穏便にと言ったって……こいつらはジェスを……〉

どうしようとしているかなど、考えたくもない。

「どうだお嬢さん、大人しくついてくれれば武器は使わねえ。殺したりしねえさ。どうだ。松明《たいまつ》捨てて、こっち来ねえか」

剣の男の発言に呼応してか、後ろに控えていた男が馬からスタッと降りた。ジェスの松明《たいまつ》に照らされて、その手が縄を持っているのが見える。

男の影が小刻みに揺れている。ジェスに目を向けた。勇ましいその表情に反して、細い腕はプルプルと震えていた。踏ん張っている膝だって、今にも崩れ落ちそうだ。

〈大丈夫だジェス、俺がそばにいる〉

──ありがとうございます

考えろ豚。魔法使いだとバレずに、魔法で男たちを追い払う方法……。

〈化け物をけしかけてやろう。俺の言う通りにやるんだ〉

ジェスは相変わらず松明《たいまつ》を構えたままだ。しかしその足元から、目立たぬ黒い布が一反木綿のように這《は》い出《だ》している。ジェスの顔や身体《からだ》を値踏みしている男たちは、それに気付かない。

「あっ！」

ジェスが突然、鋭い叫び声をあげた。

暗い林を焼き尽くすかのような炎が、男たちの背後で起き上がった。

それは巨大な火の鳥だった。

全身が眩《まばゆ》い炎でできた怪鳥。頭部は人間を丸呑《まるの》みにしてしまうほど大きく、家をも包み込んでしまいそうな翼はゆっくりと羽ばたいている。羽が夜の空気を打つたび、火の粉交じりの熱風がこちらへ吹きつけてくる。

「兄貴！」

「なんだこいつは！　早く馬に乗れ！」

火の鳥に怯《おび》えた男たちは、ジェスを放ったまま一目散に逃げていった。

しばらくののち。ジェスが右手を振ると、化け物は火の粉となって消える。

仕組みは単純だ。さっきジェスに教えたばかりの、松明《たいまつ》の原理。黒い布に油を染《し》み込ませ、それを魔法で鳥のような形にしてから点火したのだ。布ではなく油が燃えて、全身を炎に覆われた化け物が誕生する。布の生成、燃料の生成、点火、布の物理的操作。ジェスの得意な魔法だけでできる技だ。

〈大丈夫か〉

訊《き》くと、ジェスはその場にへたり込んでしまった。松明《たいまつ》が地面に落ちる。その炎が、ジェスの頬を流れ落ちる涙を光らせた。

「怖かった……」

喉から絞り出されるような声。

「豚さん、私……とっても怖かったです」

〈怖かったな。でももう大丈夫だ〉

ジェスに近寄るが、頭を撫《な》でてやることはできない。俺は豚だから。

〈守ってやれなくてすまなかった。ジェスに任せきりになっちゃったな〉

ゆっくりと、ジェスは首を振る。

「いいんです。そばにいてくださるだけで、とても心強かったです」

〈膝が汚れちゃうぞ。立てるか〉

「ええ……」

緩慢な動作で立ち上がって、ジェスは松明《たいまつ》を拾い上げた。

その目は赤く、涙で滲《にじ》んでいる。伝わってくる、怖さ。悲しさ。悔しさ。同じ目がつい数分前まで色の変わった炎を楽しそうに見つめて煌《きら》めいていたとは、とても信じられない。

松明《たいまつ》にはまだ少しだけ緑色が混じっていた。

唇を嚙《か》むジェスを見ながら、五臓六腑《ごぞうろっぷ》が煮えくり返るような気持ちになる。ジェスは何も悪いことをしていない。それなのに、一人で歩いているだけで、野蛮な男たちに拉致されそうになってしまった。女だから。年頃だから。弱いから。

もし俺が隣にいなかったら、もしジェスに魔法が使えなかったら、どうなっていただろう。無邪気に輝いていたあの目は、二度と笑えなくなっていたかもしれないのだ。

そんな理不尽に、何もできない俺はただただ悔しかった。

「こんなに厳しい世界に独りでいるのは、つらいことです」

ジェスがぼそりと漏らした。

俺たちは合図もなく、ゆっくりと歩き始める。

「私、ずっと祈っていたんです。今でも願っています。いつでもそばにいてくださって、どんなときでも味方になってくださる方が欲しい、って」

ジェスは泣きそうな目のまま、俺を見た。

「そんな私の願いを、豚さんは叶《かな》えてくださいました」

……………。嬉《うれ》しくもあったが、同時に、期待しすぎだ、という気もした。

〈叶《かな》えてくれたのが変態眼鏡ヒョロガリクソ豚童貞で残念だったな〉

「残念じゃありません。変態眼鏡ヒョロガリクソ豚童貞さんでよかったです」

〈それならいいんだけどな〉

「ええ」

願い星の輝く空を見ながら、静かな夜道を歩き続ける。

よく考えれば、俺も似たような境遇だった。

一九年間、俺は誰からも必要とされずに生きてきた。誰かから求められる人間になりたいとずっと思いながら、いつの間にか孤独に慣れてしまっていた。そこに現れたジェス。ジェスだけが俺のことを必要としてくれた。

ジェスだけが、俺のことを好きだと言ってくれた。

ただ、ジェスと違うのは、俺の場合、相手が純真金髪貧乳魔法使い美少女だったということだ。ジェスは孤独な俺を救うヒロインとして申し分のない人だった。一方で、俺は豚だ。豚でなくても、変態で、陰キャで、クソ童貞だ。ジェスのような素敵な人を救うヒーローには向いていない。不釣り合いなのだ。

惨《みじ》めな気分になってくる。ジェスは否定の言葉を頑張って探しているようだったが、口を開くには唇が重すぎるようだ。話を変える。ちょうど気になっていたことがあった。

〈ジェス、今日の馬車では、やけに後ろを気にしてたよな。急な進路変更もしていた。もしかすると、ジェスはさっきみたいな奴《やつ》らに追われてるのか？〉

何を思ったのか、ジェスは慌てて首を振る。

「違います！　ああいう人たちに追われているわけではありません」

なるほど。意地の悪い質問をしてみた甲斐《かい》があった。

〈じゃあやっぱり、誰かには追われてるんだな〉

ハッと息をのむジェス。

「えっと……そういうわけでは……」

やはり最近、ジェスの様子はちょっとおかしい。何か隠し事をしているようだ。

ジェスはしょんぼりと下を向いている。そんな顔は見たくなかった。

〈何か困ってることがあったら、全力で相談に乗る。話す気になったら、教えてくれよ〉

そう伝えると、ジェスは頰の力をふっと緩めた。

「ありがとうございます」

前方に、街の灯《あか》りが見えてきた。俺たちが横を歩いてきた小川は、しばらく先で大きな川に合流しているようだ。


大きな川に沿った道は、石畳で舗装されていた。家々の窓から漏れる暖かな灯《あか》りが足元を照らしてくれる。真っ暗な空の下、幅何百メートルという川の対岸にも、ぽつぽつと生活の光が見える。明日は船に乗ってこの川を北上するらしい。

しばらく歩くと、大規模な船着き場があった。何十人と乗れそうな木造の船がいくつも桟橋に繋《つな》がれ、波に揺れてキコキコと音を立てている。近くには、にぎやかな酒場があった。宿もやっている。ジェスはこの宿に部屋を取った。

疲れ切って休むものかと思っていたら、ジェスは俺を同伴して酒場へ入った。色々な種類のブランデーが置かれているのを知って、飲みたくなったのだという。

狭い空間に椅子と机がぎっしり詰まった酒場は、人々の熱気で暖かかった。炎の色のランタンが明るく輝き、ざらざらした灰色の石が積まれた壁を照らす。客の多くは船で商売している男たちだろうか、冬でも血色がよく日に焼けている。

ジェスは琥珀《こはく》色のブランデーを買うと、壁際《かべぎわ》のテーブル席に座った。俺はその足元にお座りして、ジェスの脚を見守ることにした。

「面白いれすね！　樽《たる》に入れる年数が違うと、こんなに味が変わるなんて」

三杯目、ジェスの顔には赤みが差し、舌の回転が怪しくなってきた。

〈少しずつオーク樽《だる》の成分が溶け出したり、アルコールが飛んだりするからな。ところでそろそろやめた方がいいんじゃないか？　ワインの数倍強い酒だぞ〉

酒場に漂うアルコールのせいか、俺の意識もフワフワとしていた。一緒に酔ってしまう前に、この暴走少女を止めなければ。

ジェスはいやいやと首を振る。

「これはブドウで作ったブランデーれす。せっかくアルテ平原《へいげん》に来たのれすから、リンゴで作ったブランレーも気になります！」

ブランレーってなんだ……。

〈じゃあ次で終わりにしろよ〉

「え～なんでれすか！　豚さんのけち！」

腰に手を当て、頰を丸く膨れさせて怒るそぶりをするジェス。完全に酔っ払いだ。これはこれで可愛《かわい》いが、酔いすぎて前後不覚になられても困る。

「あ、今可愛《かわい》いって思いましたね？　私そんなに可愛《かわい》いれすか？　見とれちゃいましたか？」

ウザかわ後輩みたいな絡《から》みやめてくれ。

〈声が大きい。豚相手にしゃべってるとヤバい奴《やつ》だと思われるぞ〉

「壁に向かってしゃべってる人もいますし大丈夫れすよ」

確かに、店自体が酔っ払いの巣窟《そうくつ》だ。しかし、焼けた肌のおっさんが壁に向かってしゃべっているのと、可愛《かわい》い女の子が一人でしゃべっているのとはまた別だ。

「はい、リンゴのブランデー」

ガツンと、ジェスのテーブルにグラスの置かれる音がした。爪先の長い革靴が、俺のことを危うく蹴りそうになる。俺は慌てて身を引いた。

見上げると、黒髪をキザに伸ばした二〇代くらいの男が、ジェスの向かいに座ってくるところだった。全身黒ずくめで無駄に襟を立てている、痛いオタクみたいな服装。首や腰からはじゃらじゃらと銀色のチェーンが垂れている。

「えっと、あ、ありがとうございます……？」

ジェスの声が小さくなった。

「欲しいって言ってたのが聞こえたんだ。奢《おご》るよ」

「いえ、えっと、お代は払います」

机の上に硬貨の置かれる音がした。

「そう、じゃあいただいておこうかな。乾杯」

カチャリとグラスをぶつける音。キザ男がぐいっと自分の杯を傾けるのが見えた。

「あの、何かご用れしょうか……」

戸惑っている様子のジェスは、受け取ったグラスを手に持ったままだ。

〈ナンパだ。相手にするな。こいつは――〉

「ちょっとしゃべりに来ただけじゃないか。女の子に振られちゃってね。一人で飲んでるのもなんだし、ちょうど一人でいる君を見つけて、せっかくだからと思ってさ」

そりゃそんなオタクみたいな格好してたら振られるわな……。

「そうれしたか……」

優しいジェスは、拒絶の言葉を知らないようだ。一人でいることを否定しなかった時点で、この男につけ入る隙を与えてしまっている。案の定、キザ男は好機と読んだらしく、テーブルに肘をついて流し目でジェスを見る。

「ここに一人でいるってことは、旅の途中かな？　今日はどこ行ってきたの」

「それは……」

「俺はこの辺で生まれ育ったんだ。面白い話を聞かせてあげられるかもしれない。教えてよ」

ジェスはリンゴのブランデーを少し嗅いで、テーブルに置く。

「あの、妖精《ようせい》の沢《さわ》れす……」

キザ男は大げさな身振りで仰天した。

「あんなところに！　寂しい場所だったろう。頭のおかしいジジイが一人で暮らしてるだけでしょ。余ったリンゴを川に流すから、たまにこの辺りに流れ着いたやつが腐って迷惑してるんだ。まったく何考えてんのか分かんないよね」

はっはっはと鼻につく笑い方をするキザ男。ジェスは少しむっとしたようだったが、すぐ営業スマイルに戻った。

「そうだったんれすね」

テーブル越しに、キザ男が身を乗り出してくる。ジェスは少し身を引く。

「君、可愛《かわい》いね。せっかくだから一緒に飲もうよ。ほら」

ブランデーを勧めている様子だ。

脚《か》に嚙みついてやろうかと思った。しかしそうするまでもなく、ジェスは椅子を引く。

「ごめんなさい。私には、心に決めた人がいるんれしゅ」

盛大に嚙《か》んだが、ジェスはサッと立ち上がって酒場を後にした。男は諦めたのか、店から出てこない。飲みすぎる前に立ち去るきっかけを与えてくれたという意味では、あのキザ男に感謝した方がいいかもしれない。

酔いを醒《さ》ましたいと言って、ジェスは部屋に戻る前に外へ出た。

冷たい夜風が川の上を流れてくる。ジェスはスカートの裾を翻《ひるがえ》しながらルンルン歩く。

俺は酒を飲んでいないのに、自分の足取りもどこか覚束《おぼつか》ない気がした。

〈諦めの早いオタクでよかったな。でも、次からはもっと早く断るんだぞ〉

伝えると、ジェスはにっこり笑った。

「最初から断るつもりでしたよ。おしゃべりしたいと言いながら、頭の中ではえっちなことばっかり考えてる方でしたから」

〈本当にひどいな、そんな奴《やつ》がいるのか〉

ジェスは俺のことをじいっと見る。

「豚さんは、そういうところを偽らないから好きです」

川沿いをしばらく歩く。流れる水は闇を溶かし込んだかのようだ。ジェスは黙って、川を見ながら歩いていた。

「ここから船に乗って、川を下り、運河を行くと、やがてムスキールという街に着きます。メステリア最北端の町です」

突然、ジェスはそう言った。

願い星を目指して北へ北へと進んできた旅だが、もうすぐどん詰まりというわけだ。俺たちはもうすぐ、相変わらず空の高いところで赤く輝く北方星《サルビーア》を目の当《あ》たりにして、星に手が届くはずなんてないと思い知ることになるだろう。

「思ったより早かったです。楽しい旅は、あっという間でしたね」

ジェスは前を向いて、袖で顔をごしごしと拭った。俺からは後頭部しか見えない。

「豚さんは賢い方ですから、もう色々なことに気付かれているかもしれません。でもお願いです。ムスキールに着くまでは、何も気付かないフリをしていてください。一番北まで行ったら、私からちゃんと、全部お話ししますので」

俺はそんなに賢くない。というか、今は思考が回らない。なぜだ。色々なことが像を結びそうで、忘れてはいけない記憶が蘇《よみがえ》ってきそうで、でも思考は河原のさざ波のように行ったり来たりしてまとまらない。

「もうすぐ年末です。ムスキールに着くころにはちょうど、歳祭《としまつ》りが行われていると思います」

〈歳祭《としまつ》り……そうなのか。楽しみだな〉

「ええ、とても……」

疑問が次から次へと湧いてくる。俺たちは誰から追われているんだ？　俺たちはなぜ二人でこんなところにいる？　そもそも俺たちは、願い星には手が届くはずがないと知りながら、どうして北の最果てへと旅しているんだっけ？

しかし泡のように、疑問は弾《はじ》けて消えていく。

「戻りましょうか、お部屋に」

ジェスに言われて、俺は頷《うなず》いた。

「ぶたしゃんいっぱいしゅき～」

布団《ふとん》に入ったジェスは、酒が回ったのか左右にゴロゴロ転がって、意味不明な音声を発している。俺も床に伏せてうつらうつらしているところだ。目の前に置かれた鏡は、ガラスが白く濁ってしまって用をなしていない。視界が揺れているような気もするが、わざわざ確認するのも面倒くさい。明日はきちんと起きられるだろうか。

ジェスは飽きずにしゅきしゅき言っていたが、その奇声はいつの間にかしゃくり上げるような音に変わっていた。

んんんという鼻声。小さな咳《せ》き込み。鼻をすする音。泣き上戸なのだろうか。どうしてジェスが泣かなくてはならないのか、分からなかった。

「ぶやしゃんんぁわあしおいれ……」

何を言っているのかも聞き取れないような呟《つぶや》きだったが、悲しんでいるのは確かなようだった。ジェスにこんなにつらい思いをさせている奴《やつ》は許せないと思った。

眠い。

ジェスも同じだろう。泣き疲れたのか、酔いすぎたのか、ほとんどうなされているようにごにょごにょ言うだけになった。

相変わらず縋《すが》るように何かを言っているが、眠りかけの俺にはとても聞き取れない。

しかしただ一言だけ、意識が落ちる直前のようなときに、ただ一言だけが聞こえたような気がした。気のせいかもしれない。夢かもしれない。

でも一言だけ、聞こえたような気がしたのだ。

消え入るような声で、たった一言。

「もうどこにも行かないで」――と。

第四章

カチクに恋は難しい

the story of
a man turned into
a pig.

朝の風は強かった。ジェスは相変わらずモフモフの上着を着て、重そうな鞄《かばん》を背負い、石畳の道を静かに歩く。俺はその後ろをついていく。

川の景色は、日が差すとまた違う印象になった。川沿いの丘は枯れ木を朝日に光らせて物悲しい土色に輝いている。水面は澄んだ空を映して濃青色。夜に明るかった家々は、今は一枚の景色の中にそっと沈み込んでいる。

蒸気船のような外輪が左右についた、白塗りの大きな木造船に乗り込む。広く平たい二階建ての船で、三角形をした赤い小さな旗がてっぺんにちょこんと飾られている。大きさからして一〇〇人近く乗れそうだったが、客はまばらだった。

俺とジェスは、風を避けながら景色を眺められる、二階の室内席に陣取った。船の進行方向に向いて、背もたれ付きの簡素な木の長椅子が並べられている。俺は窓際《まどぎわ》に、ジェスはその隣に。椅子にお座りして首を伸ばせば、豚の身体《からだ》でも窓から外を見ることができる。

プオーッと汽笛が響いた。

ゆっくりと、船が動き出す。パシャ、パシャ、と水車のようなパドルが水を搔《か》く音が聞こえる。広い川の上へと、船は朝日を右舷に受けて漕《こ》ぎ出していく。

「リスタで動いているみたいですね。快適な船旅になりそうです」

小さな声で、ジェスが言ってきた。

〈景色を見ているだけでも楽しそうだ〉

「ええ。ほら、あっちに立派なお屋敷《やしき》が並んでいますよ」

昨晩のことは忘れようとしているのか、それともそもそも記憶にないのか、ジェスはいつも通りの楽しそうな調子に戻っていた。

ジェスの指差す方を見ると、小高い丘を巻くように、螺旋《らせん》状に豪邸が並んでいた。丘をぐるぐる回りながら登る道沿いに屋敷《やしき》が建っているのだろう。丘の頂上には、見晴らしのよさそうな尖塔《せんとう》がそびえている。なぜあの丘に豪邸が並んでいるのか。少し気になった。

ジェスは船の後方へ流れていく丘を名残惜しそうに眺める。

「面白そうな場所でしたね。せっかくだから、立ち寄ってみればよかったです」

〈またここに来る理由ができたじゃないか〉

ジェスは少し驚いたように俺を見て、はい、と頷《うなず》く。

「また一緒に来ましょうね。次はリンゴの花の季節がいいです」

ジェスは俺と一緒に窓から外を眺めていたが、ふと思い付いたように、鞄《かばん》から紙を取り出した。書かれた文字を目で追うと、一ヶ所だけ指でチェックする。

〈やりたいことリストか〉

訊《き》くと、ジェスは笑う。

「はい」

〈やりたいことって何だ？〉

「船旅です」

〈見送《みおく》り島《じま》に行ったときも船旅をした気がするが……〉

「細かいことを気にする童貞さんですね」

ジェスは不満げな顔をした。

「あのときは旅じゃなくて戦が目的だったじゃないですか」

〈まあ、そういえばそうだな〉

「そうなんです」

断言して、ジェスはやりたいことリストを鞄《かばん》にしまった。そのとき鞄《かばん》の中に、大きな本の赤い表紙がチラリと覗《のぞ》いた。ジェスの鞄《かばん》を覗《のぞ》ける位置に座る機会はそうなかった。よく見ると、赤い本の隣には、丁寧に畳まれた、赤茶色に汚れた小さな布――

「もう豚さん、女の子の鞄《かばん》を勝手に覗《のぞ》いちゃめっ、ですよ！」

目の前に人差し指を立てられ、俺はすみませんと目を逸《そ》らした。

天気も良く、船旅は順調だ。

船着き場に寄りながら、船は俺たちを乗せて淡々と北へ進んでいく。通り過ぎていく景色はどれも魅力的だ。川辺の崖の上に建てられた古城、こぢんまりと広がる赤い屋根の街、少し傾いている聖堂。きっとそのどれにも、小さな謎や、物語や、ロマンがあるのだろうなと思った。ずっとジェスと一緒にそういうところを回っていられたら、どんなに楽しいだろう……。

「いいですよ」

とジェスは笑う。

「いつか一緒に旅をしましょう。二人で、終わりのない旅を」

夕方には船を乗り換えた。一回り小さな船だったが、簡素なコンパートメントになっていて、クッション付きの椅子で仮眠が取れるようになっている。日が暮れると暗くなってしまった船内は、寂しいくらいに静かだった。夜行列車ならぬ夜行船というところだろうか。

船は大きな川から逸《そ》れて、幅の狭い運河へと入っていった。周囲は平地。小さな窓からは広い星空が見えた。進行方向の空には、ひときわ大きく輝く赤い星。手にした者はあらゆる願いを叶《かな》えることができるという願い星――北方星《サルビーア》だ。メステリア最北端の街には日の出ごろに到着するはずだが、願い星は依然として、手の届くところまで近づいてくる気配はない。

夜は粛々と更《ふ》けていく。ジェスは鞄《かばん》を大切そうに抱えて眠った。

汽笛で目が覚める。ギャーギャーと喧《やかま》しい海鳥の声が聞こえてきた。

「豚さん、到着です！　ムスキールですよ！」

明るく告げるジェスに続いて船を出る。

眼前に広がったのは、たくさんの白い帆が身を寄せ合う大きな港町。レンガ造りのずっしりとした建物が海沿いに広がっている。港周辺は平坦《へいたん》だが、港から離れる方向へと少しずつ地面が傾斜して高くなっているようだ。

「ついに来てしまいましたね、メステリア最北端の街……」

言いながら、ジェスは思い出したように鞄《かばん》から何やら取り出した。隠すように手に持って、それを見つめる。ちょっと目を見開いた後、はぁ、とため息をついた。

〈何を見てるんだ〉

訊《き》いてもジェスは首を振り、

「いえ、何でもないです」

とだけ言って、すぐ鞄《かばん》の中に戻してしまった。

だが俺は目敏《めざと》く、その正体を見抜いていた。ゴルフボール大のガラスの球に、それを取り囲むような金の装飾。チラリと端が見えただけだが、間違えようがない。

中に人間の眼球を封じ込めた魔法のアイテム。

それは契約《けいやく》の楔《くさび》の在処《ありか》を指し示す「ルタの眼《め》」に違いなかった。

ジェスは俺を連れて、港からさらに北の方へと歩き始めた。白っぽい石畳の道が上り坂になっている。壁を白く塗られた家々の屋根では、真っ赤な長い旗がヒラヒラと風に泳いでいた。血のような色の無地の布が、屋根という屋根から同じ方向にはためいている。少し不気味な光景だった。

〈なあジェス、あれは何だ？〉

布を鼻で指すと、ジェスはにっこりと説明してくれる。

「歳祭《としまつ》りの習慣ですよ。年末になると、こうして赤い布を屋根の上に飾るんです」

〈何か意味があるのか？〉

「意味というか……由来なら聞いたことがあります。年末は家族で過ごして、贈り物を交換したりして団欒《だんらん》しながら、親しかった死者を家に迎える節目なんです。死者がにおいでそれと分かるよう、昔は家長の血で染めた布を屋根に掛けたそうですよ。だからその名残で、こうして赤い布を飾っているんです」

盆と正月どころかクリスマスまで一緒に来る感じか。

血と言われて風を嗅いでみるが、別に鉄臭かったり生臭かったりはしない。

「今は茜《あかね》などの染料で染めたものがほとんどのようです。ただでさえ命が危険に晒《さら》されていた暗黒時代、血を茜《あかね》で代替する発想が生まれると、それが瞬《またた》く間《ま》に広まったんですって」

地の文を読んだのか、ジェスは丁寧に補足してくれた。

〈それじゃあ死者が道に迷っちゃわないか、血のにおいがしないんだから〉

「そうですね……保守的な村ではいまだに家長の血を使うこともあるようですが、やはり危険なので多くの地域では形だけになっているみたいです。家畜の血を使うところもあるみたいですけど、それも家畜のにおいになっちゃうので意味がないですよね」

家畜の血と聞いて、反射的に身が縮む。

「大丈夫ですよ、豚さんは私が守ります」

〈助かる〉

と返して、ふと思う。

〈それにしても、なんで歳祭《としまつ》りの習慣にそんなに詳しいんだ〉

「豚さんと同じ、おたくですから」

〈変な言葉を教えちゃったな……〉

「王宮図書館にあった古い民俗学の本を読んだんですよ」

そんな話をしながら、俺たちは斜面を上り続け、やがて広い草地に出た。手入れされた芝の平らな地面が、ゴルフ場のように続いている。白い砂利を敷いた道が一本、ゆっくりカーブしながら伸び、その先に宮殿のような建物がどっしりと構えている。

「あそこです！　今夜泊まる場所！」

ジェスが嬉《うれ》しそうに豪邸を指差した。どう見ても、豚連れの少女が泊まるようなところではない。贅《ぜい》を尽くした四階建ての巨大な邸宅は、下手すると王宮よりも立派な建築だった。

外見通りの宿だとしたら、恐ろしく値が張るだろう。

〈すごく立派に見えるが……えっちな宿とかじゃないよな……？〉

「えっちな宿って何ですか」

むすっとするジェス。

「この辺りでは最上級のお宿だと聞いています。ちゃんと調べたんですから」

北へ向かう旅路の最後は、最高の贅沢《ぜいたく》でしめようというわけか。

ジェスの身長の三倍はある鉄柵の門を、赤い服を着た門番が守っていた。宿泊に来た旨《むね》を伝えると、門番が鍵で門を開く。門の向こうには様々な庭木に囲まれた道がまたしばらく続き、一分以上歩いてようやく入口に辿《たど》り着《つ》いた。

大きな獅子《しし》の石像が、狛犬《こまいぬ》よろしく青銅の扉の左右を守っている。扉を抜けて入った先には、シャンデリアに温かく照らされた大理石の空間が広がっていた。

黒の立派なジャケットを着た従業員から、ジェスは何やら説明される。

「ですから、準備できるお部屋はお二人様からでして……」

「一人用のお部屋はないんですか？」

「お一人で泊まられる方は滅多にいらっしゃらないものですから……」

一人旅あるあるだ。まあ今回は、ペット同伴だが。

ジェスは困ったようにこちらを見下ろす。俺が人間の姿をしていたら話は違っただろうか。

従業員は、俺の方に不思議そうな視線を注いできた。何度も向けられてきた奇異の目。なんでお前はここにいるんだと言わんばかりの、疑うような、探るような目つき。

その目で見られるたびに、俺は豚足の置き場に困るような、居心地の悪さを感じてきた。

分かっている。高級な宿に豚は似合わないのだろう。美少女に豚は似合わないのだろう。

もちろん、俺が眼鏡ヒョロガリクソ童貞の姿に戻ったところで、このような場所に、そしてジェスに似合うような存在にはならないわけだが……。

ジェスは結局、二人分の部屋代を支払って、一人（プラス一匹）で泊まることになった。

〈年の瀬にぼっちで高級宿に泊まるなんて、ジェスもなんだかかわいそうだな〉

部屋に向かう途中におちょくると、ジェスはむむうと唇を噛《か》んだ。

「そんなことないです。大切な人と二人で泊まるんですから」

そしてツンツンしながら先に行ってしまう。

俺が発言の意味を理解するまで、しばらくの時間を要した。

部屋は白と銀を基調にしてつくられた上品な内装だった。天蓋付きの巨大なベッドが中央に置かれている。ジェスが六人くらい余裕をもって寝られそうなキングサイズだ。

「来てください、豚さん、ほら！」

レースのカーテンを開き、ジェスがバルコニーからこちらへ呼びかけた。

部屋は二階。白い柵で囲まれたバルコニーは、海に面していた。ただ、ここから見えるのは穏やかなビーチではない。芝生の向こう、断崖のはるか下で青く波打つ寒々とした外海だ。

〈この宿、崖の上に建ってたんだな〉

「そうなんです。さっき坂道をずっと上ってきましたよね。ここはメステリア最北端の岬で、ムス岬《みさき》と呼ばれています。こちらに切り立っているのがムスの断崖《だんがい》です」

柵の隙間から北の海を見る。真っ平らな水平線。この先にはいったい、何があるのだろう。実は日本があったりしないだろうか。船さえあれば行き来できるような場所に、このメステリアがあれば――

「あ、豚さん！　あちらに島が見えます！」

見上げると、ジェスはまっすぐ海の方を指差していた。

目を凝らしてみる。水平線を左から右へと目でなぞる。ん？　中央に――

〈あれか、あの四角い変な形の〉

「ええ、それです！　最果《さいは》て島《じま》ですよ」

白い靄《もや》の中、黒い水平線から、灰色の小さな四角いでっぱりがぽつんと飛び出している。見たことのない形の島。誰かが三角定規でも当ててシルエットを直角に整えたかのようだ。

〈確か、メステリアには二つしか島がないんだよな。あの最果《さいは》て島《じま》と、俺たちが闇躍《あんやく》の術師を攻めに行った――〉

「見送《みおく》り島《じま》ですね。ええ、その二つしかありません。残りはヴァティス様がすべて沈めてしまいましたから」

恐ろしいことを笑顔で言う。

契約《けいやく》の楔《くさび》を集めることに成功し、最強の力を手に入れた王朝の祖、ヴァティス。魔法使いを一人残らず奴隷化、または殺害するために、潜伏場所になりやすい離島をほぼすべて魔法で沈めてしまったのだという。残ったのは、見送《みおく》り島《じま》と最果《さいは》て島《じま》という、曰《いわ》くつきの島二つだけ。

残された島には恐ろしいものが潜んでいると言われている。

ジェスはしばらく北の最果《さいは》て島《じま》を眺めていたが、やがて、寒いのでお部屋に戻りましょうかと室内に入った。

大きなベッドの端にぼふんと腰かけると、ジェスは靴を脱いで、脚をぶらぶらさせながら俺を見下ろしてくる。

「ここムスキールには、暗黒時代より前のとっても古い物語が残っているんですよ。アニーラさんとマルタさんという、二人の女性のお話です――もう豚さん、靴を脱いだばかりなので嗅がないでください、めっ！」

後半の言葉は、鼻をひくつかせながらジェスの足元にそろそろと近寄っていた俺に対するお叱りだった。ジェスはベッドの上で体育座りしてしまった。だがそれによって、ふとももかお尻かという部分の真ん丸な曲線が、ふくらはぎの隙間から覗《のぞ》くようになった。少し横に移動すると、脚と脚の間に白い――

「あの……」

ジェスは困惑した様子で、腿《もも》の裏にスカートを抱え込んでしまった。

〈すまん、アニーラとマルタっていう二人の女性の話だったな〉

「そうですよ。今は下着じゃなくてこっちのお話に興味をもってください」

両方じゃダメだろうか。

〈もちろんんだ。聞かせてくれ〉

聞こえてくるだろう地の文に不審そうな目つきをしながら、ジェスは頷《うなず》く。

「遠い昔、魔法使いたちが平和に暮らしていたころのお話です」

低い波音しか聞こえない、静かな部屋の中。ジェスはゆっくり語り始めた。

「ここムスキールには、アニーラとマルタという、とても仲のいい二人が暮らしていました。幼いころから姉妹のようにずっと一緒に過ごしてきて、一六を過ぎてからも離れることがなかったそうです」

〈百合《ゆり》かな？〉

「……百合《ゆり》がどうしたんですか」

お花のことだと思っているようだ。純粋な目が見返してきたので、俺は首を振る。

〈いや、気にしないで続けてくれ〉

分かりましたと言って、ジェスは続ける。

「ところが冬のある日、このムスキールに病が流行《はや》り始めました。高熱にうなされ、全身に血の花が咲く、残酷な呪いの病です。その病に、マルタも倒れてしまいます」

ジェスには語りの才能がある。優しくもはっきりとした理知的な語り口に、俺はすでに聴き入っていた。

「アニーラは、晴れた日は毎晩祈ったそうです。ムスの断崖《だんがい》からは星がよく見えました。朝に眠って昼に起き、星が輝き始める夕刻から、その光が見えなくなる暁《あかつき》まで祈って……するとその年の終わりも近いある日、マルタの命の火が今にも消えようとしていた夜のことでした」

ジェスは睫毛《まつげ》の長い目でゆっくりと瞬《まばた》きをした。

「星々が輝くなか、毎晩のようにアニーラが願いをかけていた星だけが、その夜には現れなかったのです。きれいに晴れた夜でした。不吉な予感を覚えたアニーラは、急いでマルタのもとへ向かいました。その途中、アニーラは道端に光り輝く星が落ちているのを見つけます」

〈星が落ちてたのか〉

恒星のサイズについて議論しようかと思ったが、ジェスはめっ、と人差し指を出す。

「そういうお話ですので、最後まで聞いてください……アニーラが拾ったのは、願いをかけていた星そのものでした。アニーラはその星を持って、マルタのもとへ駆けつけました。マルタの肌は赤い血の花にずっかり覆われて、まるで肌がすべて剝《む》けてしまったかのようです。アニーラはマルタの回復を祈って、マルタの胸に星を置きました。しかし何も起こりません。マルタはすでに息絶えていたのです」

〈悲しい話だな〉

「ええ……でもこれだけではありません。続きがあるんです」

ごう、と遠くから波音が響いてくる。

「アニーラは星を持って、親しい魔法使いを訪ねることにしました。あまりに明るく輝く星を隠そうと、アニーラは歳祭《としまつ》りのために売られていた赤い布を買って、星をくるみました。魔法使いは包みをほどくなり、驚いてこう言ったそうです。『この星には命の魔法が宿っておる。これを使えば、そなたはあらゆる呪いとあらゆる災厄から守られ、永遠の命を得ることができるだろう』」

〈マルタの回復を願ったアニーラの祈りが、星に届いてたんだな〉

「そうだと思います。しかしアニーラは、星を使おうとしませんでした。赤い布でくるんだままそれを空へ放り投げて、自分は崖から身を投げて死んでしまったのです。マルタがいなければ意味がないと、そう思ったからでした。だからメステリアの北方には、いつも北方星《サルビーア》——願い星が赤く輝いているのです」

しばらく待ったが、続きはない。めでたしめでたしでは終わらない話のようだった。

〈悲しい話だったな〉

百合《ゆり》といえば百合《ゆり》だったが、想定していたような百合《ゆり》ではなかった。北の空に輝く願い星がなぜ赤いのかを説明しようとする、最北端の街ならではの寓話《ぐうわ》だろう。

「ええ。でも豚さん。このお話については、興味深い言い伝えがあるんですよ」

ジェスは俺に「めっ」とやった人差し指を顔の横に立てた。

「他の地方で語られている願い星伝説とは全く異なる、ムスキールにだけ伝わるものです。このお話で描かれている願い星――永遠の命を手に入れられるお宝が、ム、ス、キ、ー、ル、に実在するというんです。アニーラが身を投げたどこかの崖の近くで、赤い布にくるまれたまま、見つけ出されるのを待っているというんです」

〈なるほど、実に面白い〉

ジェスはごくりと唾を飲んで、俺をまっすぐに見た。

「豚さん、最後に謎解きをしませんか。このお話をもとに、宝探しをするんです」

沈黙。

〈……もちろん、やってみる分にはいいが、この物語はジェスが語ったので本当に合ってるか？　一言一句間違うなとは言わないが、事実関係は原典から崩れてないと保証してくれないと、謎解きの手掛かりにはならない〉

「大丈夫ですよ。王宮図書館に保管されていた由緒《ゆいしょ》ある書物を、しっかり何回も読みました」

〈それで本当に大丈夫か〉

「ええ。私を誰だと思ってるんですか」

金髪貧乳大天使処――

「やっぱり言わなくていいです」

ぴしゃりと言って、ジェスはベッドから立ち上がる。

「行きましょう。実際にムスの断崖《だんがい》を見て、推理してみたいです」

〈いいだろう。そうと決まったからには行ってみよう〉

俺は扉の方へ歩き始めた。ジェスは後ろから声を掛けてくる。

「豚さんの、そうやってわがままを聞いてくれるところ……私、大好きです」


轟々《ごうごう》と波が砕ける。ムスの断崖《だんがい》は驚くほど白い岩でできていた。俺たちは崖の上を、ギリギリの縁に沿って歩く。高さは一〇〇メートル近くあるだろう。下には大きな白い岩がゴロゴロと転がり、そこで冷たそうな濃紺の海水が水色の飛沫《ひまつ》を上げている。刑事ドラマで犯人が追い詰められそうな場所だ。

崖の縁に立つと湧き上がってくる、豚足のぞっとするこの感覚。何かを思い出しそうになるが、思考が真っ白い壁に突き当たるばかりで、記憶は蘇《よみがえ》ってこない。

まず俺たちが向かったのは、崖の近くにぽつんと建てられた、小さな白塗りの聖堂。「乙女《おとめ》の聖堂《せいどう》」と呼ばれているらしい。入ってみる。

そこは人のいない、波音の穏やかに響く静謐《せいひつ》な空間だった。礼拝用の木製の長椅子が並べられ、正面の祭壇には若い女性の彫像がある。左手を胸に当て、右手をまっすぐ上へ伸ばしている――王朝の祖、ヴァティスだ。

「この聖堂は、アニーラさんとマルタさんを讃《たた》えてヴァティス様が建てたそうです。だからほら、見てください」

ジェスは壁を指差す。白い壁に、色鮮やかな壁画があった。

「壁画が二人の物語を忠実に描いているんですよ。こちらがマルタさんの亡《な》くなる場面でしょうか。隣はアニーラさんが願い星を隠しながら歳祭《としまつ》りの布を買い求める場面……」

アニーラが崖から星を投げる壁画もあったが、それだけでは、どの場所に願い星――つまり宝が隠れているかを推測することはできないように見えた。描かれた背景は、海からそびえる白い崖。この辺りにはいくらでもありそうな風景で、場所を示すような特徴は、残念ながら見当たらない。

〈王朝お墨付きの聖堂があるくらいだ。アニーラとマルタの話は、メステリアの人々にはある程度知られてるんだろうな〉

「そうですね。今でも永遠の命を求める旅人が、よくこの地を訪れると聞きます」

成果はないようですが、とジェスは小さく付け加えた。

〈ジェスも永遠の命が欲しかったのか〉

俺たちの旅は、願い星を追って北を目指す旅だった――そういうことになっていた。ジェスもアニーラとマルタの話を知って、ここを目指していたのだろうか。

「えっと……別に、そういうわけじゃない……です……」

口ごもるジェスに、これ以上話を進める気にはなれなかった。

話を変える。

〈崖を端から端まで探すだけでお宝が見つかるなら、誰かがとっくに見つけてるはずだ。永遠の命なんて誰だって欲しいからな〉

壁画を観察しつつ歩きながら、俺は元も子もない考えを伝えた。

「ええ……そう思います」

早く結論に至ってしまうのはもったいない。

〈でもせっかくだから、ちょっと崖の下に行ってみないか。かなり歩くと思うが〉

「どんとこいです！」

聖堂を出て、道を探す。崖の縁をしばらく進むと、下り坂になった。谷になっているところから、細い道をくねくねと辿《たど》って海岸へ下りる。思ったよりもすぐに、海面の高さまで行くことができた。崖の下には拳大の白っぽい石が無数に積もっている。

北の果て、という感じがする。濃紺の海に白い崖。寒く寂しい海だ。

〈露頭《ろとう》を──崖の岩を見てくれ〉

ジェスは少し上気して、ハアハアと息をしている。

「手掛かりがあるんですか？」

〈まあな〉

二人で白い岩肌を観察する。

〈ちょっと、この岩を触ってみてほしい〉

ジェスは素直に白い崖を触った。触ったそばから、ポロポロと白い破片が落ちていく。少し出っ張ったところをジェスが摑《つか》むと、白い塊がボロリと取れた。

〈これは白亜質──脆《もろ》い石灰岩だ。海に削られやすいから、こうして切り立った崖になる〉

「ほほう」

変な口癖がついちゃったな……。

〈さて、海の方を見てみよう。遠くに最果《さいは》て島《じま》が見える。どんなシルエットをしている？〉

ジェスは眉間に皺《しわ》を寄せて目を凝らす。その視線の先には、水平線の上に豆腐が置かれたような、奇妙なシルエットが見える。

「四角く見えます」

〈そうだ。あの島も、切り立った崖に囲まれている。ここと同じ、脆《もろ》い岩でできてるんだろう。しかし、それにしてもおかしな形じゃないか。あんな島は見たことがない〉

「そう、でしょうか……」

ふと気付く。王朝の祖ヴァティスが暗黒時代にほとんどの島を沈めてしまったせいで、メステリアには島が二つしかないのだった。「普通の島の形」という概念がないから、メステリアの人間は、あの形がおかしいということに気付けないのだ。

〈そうなんだ。柔らかい岩でできてる島なんだから、島の上側の輪郭は普通、あんな外洋にあれば雨風に削られて丸くなっていくんじゃないか〉

「確かに……」

〈だがあの島ではそうなっていない。てっぺんが平らすぎる。まるであの場所だけ、何かに守られているみたいだ〉

それだけ伝えて、結論は保留する。足下の白い石を見つめながら、ジェスに伝える。

〈さて、宝の在処《ありか》の手掛かりはジェスの話してくれた物語にあるとしよう。だが暗黒時代より前から伝わるというアニーラとマルタの物語には、一つだけ明確な嘘《うそ》がある。まずはそれを指摘しなくてはならない〉

ジェスは意外そうな顔をする。

「え？　何でしょう……」

〈ジェスにも分かるはずだ。ヒント。北方星《サルビーア》は何色だ？〉

「赤色です」

〈どうしてだっけか〉

ここでは恒星の表面温度の話をしているわけではない。

「えっと……赤い布に包まれて、空へと投げられたからです」

〈その赤い布、どこから出てきた？〉

「アニーラが、歳祭《としまつ》り用に売られていたものを買って……あれ……？」

〈気付いたな。さすが金——俺の飼い主だ〉

ジェスは目を見開いて、早口で言う。

「お話は、暗黒時代より前のもののはずです。魔法使いたちが平和に暮らしていたころのお話です。それなのに、赤い布を買うというのはおかしいですよね」

〈そうだ。歳祭《としまつ》りの赤い布が茜《あかね》で染められるようになったのは暗黒時代の途中から。それまでは、家長の血で染めていたんだ。各々《おのおの》の血を使って家で染めるんだから、赤い布を売るという行為は暗黒時代より前にはあり得ない。つまりアニーラとマルタの物語は、暗黒時代以降に創られたか、少なくとも改変されている〉

謎解きシーンだったら確実に傍点がついているセリフだ。

〈メステリア全土に「願い星を手にした者はいかなる願いをも叶《かな》えることができる」という違

った伝説が流布《るふ》していることを考えると、もとからあった話が改変されたというよりは、暗黒時代以降に誰かが新しく創作したと考える方が妥当そうだな。願い星についての二つの矛盾する物語が、両方とも同じ地域で長い間生き残り続けるとは考えにくい〉

ジェスは何かに気付いたようで、斜め下を向く。そろそろ真実と向き合うときだ。

怪物の姿をしているかもしれない、北の果ての真実に。

〈何かに守られている島。暗黒時代以降に偽造された物語。これらにある手掛かりを足すことで、俺は宝の在処《ありか》を推測することができる〉

「そ、そうなんですね……」

ジェスの目は不器用に下を向いていた。ぎゅっと握られた拳が、胸に当てられている。何か不安なことがあるときの、ジェスの仕草だ。

――豚さん、最後に謎解きをしませんか。このお話をもとに、宝探しをするんです

ジェスに言われたことを思い出す。これは謎解きだ。受けて立ったからには、きちんと明らかにする義務がある。

〈まずは最果《さいは》て島《じま》の謎を考えてみよう。脆《もろ》い岩でできている島が、なぜ真四角の輪郭を保ったまま不自然に残っているのか。どんな方法で、という面では簡単に答えが出る。あんな大きな

島を守れるのは魔法くらいだ。最果て島は、王朝の祖ヴァティス以前の魔法使い、またはヴァティス本人の魔法で保護されてるんだよ〉

　ジェスは神妙な顔で頷《うなず》いた。まさか、「普通の島の形ではない」という異世界人の視点によって謎が解き明かされるとは思ってもみなかったのだろう。

〈これが、どんな理由で、という面の答えに繋《つな》がる。あの島には、魔法使いが偉大な力を使って守りたかった何かがあったんだ。だからヴァティスは、魔法使いの潜伏を恐れてほとんどの島を沈めながらも、あの島は沈めなかった――もしくは、あの島が何かに守られていて沈められなかった〉

　四角いシルエットの島は、水平線から人工物のようにぽこんと飛び出している。ジェスはそちらを遠い目で見ている。

〈じゃああの島には何があるか。この話の流れだったら容易に想像できると思うが、せっかくの謎解きだから丁寧に手掛かりをなぞっていこう。ここで出てくるのが、アニーラとマルタの物語の嘘《うそ》だ〉

「永遠の命を与えるお宝がムスキールに残されていると示す物語は、古くからあるものではなく、暗黒時代以降に創られたものだ、というご指摘でしたね」

　話を整理してくれて助かる。

〈そうだ。とすると、誰がそんなことをしたか、という疑問が湧いてくるよな。断言はできないが、推測はできる。アニーラとマルタの嘘《うそ》の話を後世に伝える聖堂を建てた人物。暗黒時代を終わらせ、古き真実の歴史を都合よく改変してきた人物〉

「……王朝の祖、ヴァティス様ですね」

〈ああ。ヴァティスはメステリアの島という島を沈めながら、あの最果《さいは》て島《じま》は沈めなかった。あの島に何かがあることを、ヴァティスは確実に知っていた。そしてこの物語の創作だ。さて、ここから導かれる仮説は二つ〉

頷《うなず》くジェスに、俺は自信をもって伝える。

〈その一。ヴァティスは最果《さいは》て島《じま》にお宝があることを知っていたから、そのヒントとして物語を創作した。優しいな。その二。ヴァティスは最果《さいは》て島《じま》のお宝を我が物にしておきながら、探求者の目を逸《そ》らすためにあえて最果《さいは》て島《じま》を暗示させる物語を創作した。こっちは意地悪だ〉

「豚さんは、どちらだと思っているんですか？」

慎重なジェスのその質問が、答えを物語っているようにも聞こえた。

〈その最後の手掛かりは、ジェスの鞄《かばん》の中に入っている〉

ビクッと反応するジェス。

〈ホーティスからもらったルタの眼《め》、持ってるだろ〉

「豚さんは何でもお見通しですね」

言いながら、ジェスは球体を取り出す。

金で装飾されたガラスの中は透明な液体で満たされ、そこに浮いた眼球が一方向を向いている。ジェスが手を動かしても、黒目は一点を見つめたままだ。

北の海。そこにぽつんと浮かぶ四角い影。

〈ジェスは船を降りたとき、ルタの眼《め》を確認してただろ。でもすぐにしまっていた。豚の視点からは眼球そのものを見ることはできなかったが、その眼球がどういう状態だったかは容易に想像できる〉

「そうなんですか……？」

〈ああ。ジェスはルタの眼《め》を確認したとき、どちらかの方向に目を向けたりしなかった。普通は眼《め》が指し示す方向を見たりするはずだ。それをしなかったのはなぜか〉

ジェスの喉がごくりと動く。

〈眼《め》の状態が、予想通りだったからだ。では予想通りどこを向いていたのか。北へ北へと移動してきた末にわざわざ確認してるんだから、答えは北しかないよな。ルタの眼《め》は、予想通り、メステリアの最北端よりさらに北を指していたというわけだ。ジェスは北にお宝があることを、北へ北へと移動しながらも、すでに予期していたんだろ〉

ジェスはこくりと頷《うなず》く。

〈これまでの旅で北へ進んできたのも、手の届くはずのない願い星を追い求めてきたんじゃなくて、実はその具体的なお宝が目的だったんじゃないか〉

俺の問いに、ジェスはしばらく答えなかった。

やがて、ぼそりと。

「……別にお宝のためだけに旅してきたわけではありませんが……でも、豚さんのおっしゃる通り、この旅の目的の一つは、お宝を手に入れるためでした」

北へ北へと向かってきた俺たちの旅。それは単なる旅行ではなく、星を追いかけるおとぎ話でもなく、メステリアの最北端に隠された、あるお宝を求める旅だったのだ。

一歩ずつ核心に迫っているのを感じる。

〈つまりヴァティスのお宝は、今もこの北、最果《さいは》て島《じま》にあるということだよな。よって俺が挙げた仮説のうち、正しいのは前者。ヴァティスは最果《さいは》て島《じま》にあるお宝のヒントとして物語を創作したということになる〉

「……それでは豚さんは、永遠の命を手に入れられるというアニーラの願い星が、まだ最果《さいは》て島《じま》にあるとお考えですか」

そうではない。

〈願い星というのは、あくまで比喩だ。ルタの眼《め》がどういうものだったかを考えれば分かる。最果《さいは》て島《じま》に隠されているのは、メステリアの至宝、救済の盃だろ〉

ジェスはびっくりした様子で、小さな胸に手を当てる。

「まさかそこまで……」

俺はルタの眼《め》を見ていたおかげで、最果《さいは》て島《じま》にあるのが永遠の命を手に入れられる願い星などではないことに気付いていた。あの崖の上にあるのは、似ているようで非なるもの、俺たちがすでに知っているお宝だったということに。

〈ルタの眼《め》は、メステリアに散らばっていた契約の楔を指し示す道具のはずだ。ヴァティスはルタの眼《め》を使って楔《くさび》を集め、最強の力を手に入れたんだったな〉

「ええ、そうです」

〈しかしメステリアに残された最後の楔《くさび》は、見送《みおく》り島《じま》攻略のとき、セレスの呪いを解くために使ってしまった。ではなぜこいつは北を向いている？　それは、契約の楔を使って作られた至宝が、まだ一つだけ残っているからだ。それが救済《きゅうさい》の盃《さかずき》だ〉

沈黙。それは肯定を表していた。

〈メステリアの至宝は三つという話だったな。一度だけいかなる命にも奇跡の力を与える契約《けいやく》の楔《くさび》。一度だけいかなる命をも奪う破滅《はめつ》の槍《やり》。そして、一度だけいかなる命をも救う救済の盃〉

ジェスと一緒に夢中になって史書を読み解いたことを思い出す。

〈だがこの三つは、同等のアイテムではなかった。契約《けいやく》の楔《くさび》は本来一つと言わずいくつもメステリアに隠されていたものだったし、ホーティスを殺した破滅《はめつ》の槍《やり》は、その契約《けいやく》の楔《くさび》をコアにして作られていた。残る救済《きゅうさい》の盃《さかずき》が、破滅《はめつ》の槍《やり》と同様に契約《けいやく》の楔《くさび》から作られていると考える

のは自然なことだ〉

北向きに固定された不気味な眼球を見ながら、ジェスは言う。

「ええ……豚さんのおっしゃる通りです。ホーティスさん――お父さんが亡《な》くなった後、私はいただいていたルタの眼《め》がまだ一点を指し示していることに気付いたんです。それはまっすぐ北を向いていました」

どうしてその時点で、俺に相談してくれなかったのだろう。

「契約《けいやく》の楔《くさび》はもう残っていないはずなのに、なぜ北を……そう思った私は、豚さんと同じように破滅《はめつ》の槍《やり》のことを思い出しました。シュラヴィスさんの解析によれば、破滅《はめつ》の槍《やり》は、契約《けいやく》の楔《くさび》に込められた膨大な魔力を動力源にして作られた殺人兵器でした。作成者は太古の存在ではなく、ヴァティス様だと推測できたそうです」

――太古の魔法とは思えん貧弱さだな。何が破滅《はめつ》の槍《やり》だ

ジェスの父、ホーティスの言葉を思い出す。あれはそういう意味だったのか。破滅《はめつ》の槍《やり》が太古から残されていたものではなく、ヴァティスによって新しく作られたものだということを、あの変態男は自らの身体《からだ》を破壊されながら即座に分析していたのだ。

「私は一般的な願い星の伝説だけでなく、ムスキールの願い星の伝説も知っていました。そこ

に、まだ誰の手にも渡っていない救済《きゅうさい》の盃《さかずき》のことが重なったんです。永遠の命を与える宝と、いかなる命をも救う宝――もしかすると、実は同じものを指しているのではないかと」

〈ご明察だったな〉

「……そのようです」

何かを恐れているような口調だった。

俺はまとめる。

〈出題された謎に答えると、こうなるな。アニーラとマルタの話が〝願い星〟の在処《ありか》を示す暗黒時代以前の物語だというのは、真っ赤な嘘《うそ》。実のところ、ヴァティスが創った救済《きゅうさい》の盃《さかずき》の在処《ありか》を仄《ほの》めかす、ヴァティスによる創作だったわけだ。そしてその隠し場所となっているのは、このムスの断崖《だんがい》ではない。遠くに浮かぶあの島――ヴァティスが沈めなかった最果《さいはて》て島《じま》だ〉

諦めたような顔で、ジェスは笑う。

「あっという間に、解かれてしまいました……古い物語から、本当にお宝の場所を言い当ててしまうとは……さすがは豚さんです」

さすぶたに惑わされてはいけない。

〈じゃあジェス、一つ訊《き》いていいか〉

想定していたのか、ジェスは不安げに俺を見た。俺は続ける。

〈ジェスはそもそも、どうして救済《きゅうさい》の盃《さかずき》を独りで探しに行こうとしてるんだ？　どうして俺

には秘密にしていた。どうしてシュラヴィスや、他の仲間と一緒じゃない〉

俯《うつむ》くジェス。

「それは……明日の朝にお話しします。あの、そろそろ宿に、帰りませんか」

〈なんで――〉

「きっと、美味《おい》しい夕飯があるはずです。旅の最後の夜くらい、楽しく過ごしましょう」

遮られてしまった。そして気付く。ジェスは今にも泣いてしまいそうな顔で笑っている。何を思っているのか。何を我慢しているのか。俺には分からなかった。

「……お願いです。明日になったら、ちゃんと怪物と向き合います。だからもう少し、待っていただけませんか？　私まだ、もう少しらぶこめをしていたいです」

近くで大きな波が弾《はじ》け、轟音《ごうおん》とともに水飛沫《みずしぶき》を上げる。

まあ、急ぎの用事があるわけでもない。

真実という怪物に立ち向かうのは、ちゃんと準備ができてからでも遅くはないだろう。

〈そうだな。体が冷える前に、宿に戻ろう〉

冬の日は短い。崖の上へと歩いて戻っている間に、周囲はどんどん暗くなってきた。よいこらせ、よいこらせと崖を登り切ったときには、日はすっかり沈んで、西方の空が仄《ほの》かに明るいばかりとなった。曇った空には月も星もない。

崖の上を歩いているときに、事件は起こった。

「あっ」

思わず漏れてしまったような声に、ジェスを見る。その横顔は赤い光に照らされていた。

ジェスの向こう側の木立の中で、何かが明るく燃えているのだ。

それは一匹の、大型の動物だった。全身を炎に包まれて、もがき苦しんでいる。初めは鹿かと思った。だが違う。首が異様に長い。脚は鹿よりもずっと細長い。

メステリアでしか見たことがない獣。ヘックリポンだ。

焼けて死にゆく奇妙な大型哺乳類は、長い四本足をねじってもがき、長い首をミミズのようにのたうち回らせ、やがて倒れて動かなくなった。

ぷん、と焦げた肉のにおいが漂ってくる。

残り火に照らされて、ジェスが申し訳なさそうに下唇を噛《か》んでいるのが見えた。

〈ジェスが……ジェスがやったのか〉

ゆっくりと、小さく頷《うなず》くジェス。

〈あれはヘックリポンじゃないか。王朝の監視役だろ。どうして――〉

「明日全部、説明しますから」

それだけ言うと、ジェスは早足で、宿の方向へ歩き始める。

天井の高いホールで、ジェスは夕飯を食べた。カチャカチャと軽快な食器の音を聞きながら、隅のテーブルで一人。他の客はみな二人以上で、慎《つつ》ましく会話を楽しんでいる。

白い皿にのって運ばれてくるのはどれも贅沢《ぜいたく》な料理だったが、ジェスはしょんぼりして、あまり楽しそうではなかった。秘密を抱えて気まずくなったのか、脳内での俺との会話も弾まない。俺もなかなか冗談を飛ばしたりする気分にはならなかった。

こんなとき、せめて俺が人間の姿だったら。ジェスの向かいに座って、何の不自由もなく食事をして、周囲の人たちと同じように会話に華を咲かせられたら……。

何度も豚バラを満たしたはずの願いだが、近ごろはその憧れを抱いてしまうことすら苦しい。

だって諸君、想像してみてほしい。

高級レストランのおしゃれなテーブルで、完璧美少女の真向かいに座るのだ。この俺が。冴《さ》えない童貞のこの俺が。どう見ても不釣り合いで、おかしいだろう。

俺は武芸に秀《ひい》でた英雄でも、一国の王子でもない。

豚のレバーを加熱せずに食べた、馬鹿な眼鏡ヒョロガリクソ童貞だ。

こうして床に伏せているくらいが、俺にはちょうどいいのかもしれない。

ジェスを見上げる。心ここにあらずという表情で、小さく切った白身魚を食べている。

なんと声を掛けていいのか、俺には分からなかった。

結局ジェスは、淡々と食事を平らげて部屋に戻った。

広い部屋には相変わらず波音が響いている。

靴と靴下を脱いで巨大なベッドに腰かけると、ジェスは俺をじっと見てきた。

〈どうした〉

訊《き》くと、ジェスは生脚をぶらぶらさせる。

「今日で王暦一二九年は終わりです」

そうだった。旅の終わりの日は、長い一年の終わりの日でもあった。

〈夏に田舎を旅立ってから半年くらいか。ずいぶんと大変な一年だったろ〉

「そうですね。半年後にこんなことになっているとは、小間使いをしていたころの私には、全く想像もできませんでした」

〈そうだろうな……〉

そろりそろりと生脚へ近づこうとしていると、ジェスは脚を揺らすのをぴたりとやめる。

「歳祭《としまつ》りでは一年の最後に、一番大切な人たちと一緒に過ごして、贈り物をし合うのが習わしとなっています」

にこりと笑って。

「どうでしょう。私たちも、贈り物を交換しませんか」

それってつまり……

〈いや、ぜひやりたいところだが、俺からはジェスに何もあげられるものがない。文字通り身を切って渡すしか……〉

異世界の豚になった、何も持たないヒョロガリ眼鏡。今この俺にあるものといえば、一九年間大切に守ってきた童貞くらいかもしれない。

ジェスはしばらく考えている様子だったが、やがて悪戯《いたずら》っぽく笑った。

「では豚さんの童貞を私にください」

………？

固まっていると、ジェスがあわあわし始める。

「あ、いえ、もちろん、今じゃないですよ……！」

ねえ本当に何の話？？？

混乱する脳みそから、違う話題を絞り出す。

〈ジェスは何をくれるんだ〉

意外にも、ジェスはすぐに口を開く。

「いつか豚さんが贈り物をくださったときに、私も同じものを差し上げます」

脳が情報の処理を拒んでいる感覚があった。

〈そうなのか〉

「そうです」

〈やめといた方がいいと思うぞ〉

「やめません」

沈黙。ジェスはいたって真面目な顔をしていて、茶化す気にはなれなかった。

ほっ、とジェスは息を吐く。

「これで、歳祭《としまつ》りを楽しんだことになりますね！」

何を思ったのか、ジェスはベッドに置いてあった鞄《かばん》から紙を取り出した。見慣れた紙。やりたいことリストだ。

ジェスは最後の方の項目を見ると、一ヶ所だけ指でチェックした。

ふと細かいことが気になる。

〈でもジェス、歳祭《としまつ》りって毎年やってるものだろ？　毎年やってることが、どうしてやりたいことリストに入ってるんだ〉

むっと頬を膨らませて、ジェスは俺を睨《にら》む。

「そんなんだから、こんなに素敵な人なのに、いつまでも童貞さんなんですよ」

〈褒めるのかけなすのかどっちかにしてくれ……〉

「褒めてるんです」

生脚の先を合わせるようにして少しモジモジさせながら、ジェスは言葉を漏らす。

「……ただのやりたいことリストじゃありません」

どういうことだろう。普通でないやりたいことリストがあるのだろうか？

ジェスは目を逸《そ》らしたまま言う。

「これは私が、豚さんと一緒にやりたかったことの目録なんです」


ハッとする。

焚火《たきび》をしているとき。流れ星を見ているとき。道に迷っているとき。ワインの産地ラッハの谷《たに》に着いたとき。ブラーヘンで温泉探しをしたとき。アルテ平原《へいげん》から船旅をしたとき。本当に何でもないときにチェックをするんだな、などと思っていた。そして実際、そうだったのだ。

独りでやっている分には、何でもないことだったのだ。

だがそれは、ジェスにとっては「何でもないこと」などではなかった。

どれも、ジェスが俺と一緒にやってみたかったことだったから。

言葉がなかった。

「私、ずっと孤独に生きてきて、豚さんと出会って初めて気付いたんです。世の中には、独りじゃできないことがある。独りでもできているようで、それでは見えない世界がある、って」

ジェスと俺は、しばらく互いに見つめ合っていた。

階下から、何やら騒がしい声が聞こえてくる。どこか聞き覚えのある声が混じっているような気もした。ジェスは声に気付くと、裸足《はだし》のままベッドから立ち上がった。

「さ、お風呂《ふろ》、入りましょうか」


温泉ではないようだったが、豊富な地下水があるらしい。白いタイルで統一された大浴場では、広い浴槽が水色に澄んだお湯でなみなみと満たされていた。お湯には何かハーブが浮いていて、柔らかく上品な香りの湯気が浴場全体に漂う。

客全員に開放されている浴場ではあるが、俺とジェスの他には誰もいないようだ。濃い湯気の中から、サラサラとお湯の流れる音だけが絶え間なく響いてくる。

ジェスは裸だった。湯気のおかげで童貞殺しの力は抑制されていたが、俺は目をほとんど閉じながら湯に浸《つ》かった。薄目を開けると、ジェスが隣で肩まで浸っているのが見える。

その手はどこか落ち着きなく、細い腕をなぞっている。

〈いい香りのお湯だな〉

そう伝えると、ジェスがはい、と返事をする。

「香草で煮込まれて、豚さんも美味《おい》しそうです」

〈食べないでください〉

「食べないですよ……！」

オタクと一緒に暮らしている影響か、打てば響くように反応してくれる。

〈ジェスの生脚も、きっといいにおいになってるだろうな〉

「嗅がないでください……」

〈嗅がないよ……〉

クスクスと笑うジェス。一通り笑い終えると、大きく息を吐いて目を閉じた。

「一緒にお風呂《ふろ》に入って、他愛もない会話をして……豚さん、これはらぶこめですね？」

〈ラブコメだな……多分〉

「よかった……私、ようやくらぶこめが分かるようになってきました」

全面白い浴室に、白い湯気が霧のように漂っている。ジェスのいない方を見ると、まるで雲の中に浮いているかのような錯覚に陥る。

かたり。

扉の開く音がした。ジェスが目を開くのが視界の端に映る。

「どなたかいらっしゃったみたいですね……」

浴室の入口から、一つの影がゆっくりと近づいてくる。小さな足音がぺたぺたと鳴る。

〈他のお客か？〉

豚の俺が浴槽に――いやそもそも浴室に入っていていいのだろうか。途端に居心地が悪く感じて、折っていた膝を伸ばす。

足音は、慎重そうなリズムを保ちながらも、どんどん接近してくる。体重は軽いのだろうか、足音の響きも軽い。姿は湯気で見えなかった。だが、シルエットは見える。小柄だ。少年だろうか。俺は首を上げて、そちらを注視した。

扉が開けっ放しになっていたのか、ふう、と一陣の冷たい風が吹いた。幕を開けるように霧が晴れる。俺の目の前、思ったよりもずっと近くに、その姿はあった。

濡《ぬ》れた白いタイルの上。

足の指はすらりと長く、その爪はきれいに整えられている。骨の浮いた足の甲。細い足首。輪郭は少しずつ丸くなっていき、ふくらはぎへ。膝には傷跡と痣《あざ》があった。太ももには無駄な脂肪がなく——ああ、少年ではなく少女のようだ。歳《とし》はジェスよりいくらか下だろう。腰骨の上はすっとくびれ、そのさらに上、痩せて浮き出た肋骨《ろっこつ》の前には、うっかり見逃してしまいそうになるくらい小ぶりな胸。首は頼りなく細い。そしてその顔は——

知っている顔だった。

立ち止まって、湯に浸《つ》かる俺たちを見下ろしている。

「セレスさん……！」

ジェスが声をあげた。そこにどこか予期していたような響きが混じっていたのは、セレスの裸に動揺してしまった俺の気のせいだろうか？

「よかったです、ジェスさん、ようやく……」

緊張気味の顔をしながら、セレスはさらにこちらへ近づいてくる。俺が至近距離にいるというのに、隠すべきところも隠さない。色素の薄い肌。細かな体毛。微《かす》かに揺れるちっ——

「あっ、ダメですセレスさん、来ちゃいけません！」

激しく水飛沫《みずしぶき》をあげながら、ジェスは俺の後ろで立ち上がった。裸の少女に挟まれてしまった。実質ハムサンドだ。豚の広い視界は、しっかりと揺れるおっ——

「あああ、ごめんなさいです！　私、どうすれば……」

セレスは肩の辺りで手をあわあわさせながら、一歩下がってジェスを見た。

「あ、いえ、その……裸はダメです。豚さんがここに……」

驚いた様子のセレスは、さらに数歩下がって、小さな胸を右腕でさっと隠した。その左腕はふとももの方へ伸ばされ、うっすら——いや、ダメだ。地の文はセレスにも聞こえてしまうのだから。

セレスはきょろきょろと周囲を見回す。

……………？

セレスの視界には、俺がしっかり映っているはずだ。それなのに、なぜ視線が迷っている？

そして俺は、地の文でさんざんセレスを描写したはずだ。それも魔法使いのセレスには筒抜けのはず。セレスが俺の存在を見逃すはずがないのだ。

だからこそ、セレスの発した言葉は、俺がまったく予想していなかったものだった。

「えと……豚さんが、こちらにいらっしゃるんですか？」

第五章
やはり俺のいちゃらぶファンタジーはまちがっている。

the story of a man turned into a pig.

戸惑っているセレスを残して、ジェスは逃げるように大浴場を後にした。魔法も使いながらすばやく着衣を済ませると、冷えた廊下を走って出口へ向かう。

俺は少し遅れてジェスを追った。

聞き慣れたイケメンの声が追いかけてきた気もしたが、ジェスは立ち止まらなかった。袖で目の辺りをしきりに拭いながら、ただ、走る。俺はわけも分からず後を追う。

頭の整理がしたい。なぜジェスはセレスから逃げる？　なぜセレスには俺が見えなかった？なぜジェスは、泣いているんだ……？

コートも着ていないのに、ジェスは宿の敷地《しきち》を出て、今朝上ってきた坂道を港の方へ駆け下りる。年末の夜の道にひとけはない。家々の屋根に飾られた赤い布は、夜の闇で濃紺に染まりながら北風になびいている。白い石畳は雲に遮られた仄《ほの》かな月明かりに浮かび上がる。北の果ては寒々しい。家々から漏れる団欒《だんらん》の暖かい光が羨ましかった。

下り坂の途中から、ジェスの足は少しずつペースダウンし、やがて歩きになった。肩で息をしながら、何も持たずに港の方へ向かう。

「ごめんなさい……豚さん……私、やっぱり……」

その足取りは心配になるくらい頼りなかった。

〈寒くないか〉

それくらいしか、かける言葉がなかった。

「走ったので、それほど……」

俺たちは住宅地を通り抜け、海辺まで来ていた。海岸は頑丈そうな岩で舗装され、整然と並ぶ木の桟橋に大小様々の船がつながれている。こちらにも人はほとんどいない。年末の夜、住人はみな自分の家で過ごしているのだろう。

広い港を海岸線に沿って歩きながら、ジェスはゆっくりと切り出す。

「明日の朝と言いましたが……どうやらここで、豚さんにすべてをお話ししなければならないようです」

かつてない深刻な響きに、豚肉が引き締まる。

「楽しかった旅は――星を目指すのは、もうこれで終わりです」

涙にも見える汗を流しながら、しかしはっきりとした口調で話す。

「向き合うときが来ました。真実という怪物に」

〈本当のことを、話してくれるのか〉

「もちろんです。これは豚さん自身のことでもありますから」

暗い港町の石畳に、少女一人の足音が響く。ジェスはすっと立ち止まり、俺の方を向いてしゃがんだ。

「ひさしく、ナデナデしていませんでしたね」

無理をして微笑《ほほえ》みながら、ジェスは俺の方に手を伸ばした。その手は頭を撫《な》でているはずだった。目にはそう見える。しかし、感触がない。ほんのりとジェスの体温を感じはするが——

「意地悪していたわけではないんです。私は豚さんを、触れなくなってしまいました」

ジェスの目尻から涙が落ちる。

〈何だって……？〉

「豚さんも、試してみてください。はい、お手です」

涙目のジェスは俺に低く手を差し出す。俺は右前脚を上げて、そこに置く——ことができない。俺の前脚はジェスの手を通り抜けた。

ジェスは悲しそうに、唇だけ笑わせる。

「これが真実です。豚さんには、実体がないんです」

は……？　どういうことだ？

「……だから私以外の誰も、豚さんの存在を知ることはできません」

〈ちょっと待て、そんな……どうして……ジェスにしか存在を知られないって……俺は夢でも見てるのか？　これは現実じゃないのか？〉

「そういうことではありません。正確には、豚さんの霊魂が私に宿っているんです。だから私だけは、豚さんの姿を見ることができます。豚さんの考えていることも分かります。私の世界には――私の世界にだけは、豚さんは確かにいらっしゃるんです」

〈霊魂……それじゃあまるで、俺が死んだみたいじゃないか……〉

ジェスは立ち上がって、また歩き始めた。ついていく。

「亡《な》くなったんです。豚さんは確かに、このメステリアで」

こちらを振り返らずにしゃべるジェスの声は、少しずつ震え始めていた。

ちょっと待て。どういうことだ……？

「記憶が失われているようですから、お話しします。私とキスをした晩、夜遅くに、豚さんは王都の崖から身を投げたんです。虫の知らせか飛び起きた私は、ベッドに豚さんがいないのに気付きました。そして、王都を探し回って、ようやく豚さんを見つけました。しかし見つけたときには、もう豚さんの身体《からだ》は……すっかり手遅れに……」

海風がより一層寒く感じられる。

涙で滲《にじ》んだ星空を、ふと思い出した。崖の縁に立っていたことを。階段を上りながら、ジェスとの記憶を思い返していたことを。こっそりジェスのベッドを抜け出したことを。

波音が、ぴちゃりぴちゃりと無関心に鳴っている。

「その後のことは、私もほとんど憶《おぼ》えていません。シュラヴィスさんによると、私は感情的になって、言うことを何も聞かなくなってしまったそうです。身を投げようとしたことや、首を吊《つ》ろうとしたこともあったといいます。最終的には鎮静薬を打たれて大人しくなったそうですが、何も食べずに衰弱していったと聞きました」

壮絶な話に、身が竦《すく》む。淡々としたジェスの口調にも、どこか俺を責める響きが混じっていた――いや、俺が勝手にそう感じているだけかもしれない。

「私がはっきり思い出せるのは、しばらく後のこと。豚さんの血が染《し》み込んだスカーフに触ったときです。私の身体《からだ》に、何か得体の知れない――でもなぜかよく知っているような熱を感じたのを憶《おぼ》えています」

〈スカーフ……〉

ジェスの鞄《かばん》から覗《のぞ》いた、赤茶色に汚れた布のことを思い出す。

半年前、バップサスで、首輪を隠すために買ったスカーフ。俺がジェスのために選んだスカーフ。きれいな浅い湖のような色をしたスカーフ。

ジェスはあれを、いつも身体《からだ》のどこかに着けていた。

隠すべき首輪がなくなった後も、手首に巻いたり、腕に巻いて袖の中に隠したり――おしゃれとは関係ないはずなのに、ずっと身に着けていてくれた。

俺の亡骸《なきがら》を見つけたときにも、どこかに着けていたのだろうか。そしてそれが血塗《ちまみ》れになるくらい、俺は……ジェスは……。

「スカーフを触って、不思議な熱を感じたことを、私はシュラヴィスさんに相談しました。気のせいだろうと言われるかと思ったんですが、そうではありませんでした」

自分の記憶の空白が、ジェスの口から語られる。少し変な気分だった。そして、俺のいないところでマジレス王子に接するジェスのことを想像すると、なぜか……。

〈どんな答えだった……？〉

「私の感じていた熱は、豚さんの霊魂かもしれないと。シュラヴィスさんは、おじい様から言われていたんだそうです――豚さんたちの世界と、このメステリアとの絆《きずな》は、いつか途切れてしまう。そうなる前に帰らないと、豚さんたちの霊魂は行き場を失《な》くしてしまう、と」

――そなたのおった世界とこのメステリアとの絆《きずな》は、泡沫《うたかた》のように不安定だ。その豚が死ねば、おそらく次はない。そしてあまり長居すれば、二つの世界は離れてしまい、そなたはこちらで豚として死ぬしかなくなる

先代の王、そしてジェスの祖父であるイーヴィスの言葉を思い出す。

〈豚の身体《からだ》が死んでも、俺は元の世界へ帰れなかった……メステリアとあっちの世界の絆《きずな》は、

もう切れてしまったってことか〉

「正確なことは分かりません……もちろん、私の無意識の魔法が豚さんを引き留めた可能性も高いとは言われました。でもいずれにせよ、豚さんの霊魂は、元の世界へは帰らず、私に宿ってしまったんです」

そんな馬鹿な、と思いたくもなるが、現状が何よりの動かぬ証拠だ。

「ただ、一つの身体《からだ》に現れる霊魂は一つまでと決まっているそうです。もし私の感じている熱が豚さんの霊魂だったとしても、豚さんの霊魂はとてもいびつな形で私の霊魂に抱き止められているだけだと、シュラヴィスさんはそう考えていました。物言わぬ憑《つ》き物《もの》となってしまったのだと。もう手の施しようはないのだと」

〈だから、俺にはその間の記憶がないんだな〉

「そうです。私は図書館から霊術《れいじゅつ》の古い本を借りて、お勉強をしました。豚さんも何度か見ていると思います。赤い表紙の本です」

赤い表紙の本——ジェスが夜に読書しているのを見たし、鞄《かばん》にしまってあるのも見た憶《おぼ》えがある。霊術……？

「霊術とは、霊魂や生死に関する魔法の一分野です。分かっていることが少なく、結果が予想できず、そしてとても危険なため、いわゆる禁忌とされてきた、闇の魔法です」

――もし私が、本当はとっても悪い子だったらどうしますか？

いつかのジェスの問いかけが、自然と思い出される。

〈俺のために、そんな……〉

「いいえ、すべて私自身のためでした」

きっぱりとした言葉だった。

「私は、スカーフに染《し》み込んでいた豚さんの血を使えば、霊術で豚さんの霊魂を分離できるかもしれないと知りました。知ったそばから、迷わず禁忌の道に進んだんです」

〈禁忌って……どんなことをしたんだ〉

「豚さんには言えないような、とっても悪いことです」

途端に聞くのが怖くなって、俺は尻込みしてしまった。身体《からだ》は思考停止して、ジェスの後ろを歩き続ける。

「途中で王都の外へ出なければならなくなってしまったのですが……私はそれでも、独りで研究を続けて、なんとか豚さんの霊魂を分離することに成功しました」

王都の外へ出なければならなくなった……？

疑問を抱く俺をよそに、ジェスは話を続ける。

「そうして豚さんは、意識を取り戻しました。でも私は、豚さんに身体《からだ》を与えることができませんでした……私からは、豚さんは豚さんに見えます。豚さんの考えていることも分かります。でも豚さんには実体がありません。他の人からは、豚さんの姿は見えません。豚さんの思考を他の方へ中継することも、できませんでした。豚さんのことを知覚できるのは、このメステリアでは私だけになってしまったんです」

　ごめんなさい、とジェスは下を向く。

〈謝ることはない。むしろ、元の世界に帰れなかったなら、こうしてくれて助かった〉

ジェスの涙がぽたぽたと垂れるのが、後ろからでもよく見えた。

声を掛けようにも、何を言っていいのか分からない。

　一方で、俺はなるほどと思っていた。

　思い返せば、旅の途中、豚に気付いた人間はほぼ皆無だった。豚のことを話題にした人はいなかったし、俺の方に目が向けられたのも、ジェスが俺の方に顔を向けたときだけだった。旅の途中で出会った人たちに、豚は見えていなかったのだ。

　俺に向けられてきた怪訝《けげん》そうな目は、美少女と不釣り合いな豚を見下すものではなかった。彼らはジェスが気にしている空間に何があるのかと目を凝らしていただけで、俺の姿を見ていたわけではなかったのだ。

　そして、恐ろしいことに気付く。

俺の姿はジェス以外の誰にも見えない。とすると、傍《はた》から見れば、ジェスはずっと独りで旅をしていたことになる。俺との会話も、すべて、傍《はた》から見れば虚無との会話だった……。

ん……？

〈いや……待て。違うんじゃないか。妖精《ようせい》の沢《さわ》のリンゴ園に行ったとき。アールっていう老人には、若い奥さんがいた。フェリンとかいう名前だったな。あの奥さんは最初から俺に気付いていたし、何より俺の頭を撫《な》でてくれたぞ〉

しばらくの沈黙。予想していた反応とは違った。ジェスは弱々しい足取りで歩き続ける。

入り江の複雑な海岸線は、夜の散歩には少し長すぎる。

「……豚さんには、本当にフェリンさんが見えていたんですね」

意味が分からなかった。

〈どういうことだ……？〉

と伝えてから、あのときの会話を思い出す。

――それにしてもさっきの奥さん、フェリンだっけか。若い人だったな。かなりの歳《とし》の差婚だろ、あれは

――……そうだったんですね

なんだか話が嚙《か》み合《あ》っていない気がしてはいたのだ。

「ええ、私には、フェリンさんのお姿は見えていませんでした。アールさんには見えているようでしたし、豚さんの心の声も見えている前提の内容でしたので、きっとそういう方がいて、私には見えていないだけなのだろうと、話を合わせていたのですが……」

ああ、と思う。なぜ見落としていたのだろう。川の畔《ほとり》にあった墓。

——表面が溶けてしまっているので読みづらいですが、石碑に文字が彫られています。こちらとこちらに、言葉が一つずつ……お名前でしょうか。片方はポミーと読めます

〈妖精《ようせい》の沢《さわ》の墓には、名前が二つあったな。片方は、アールが語ったように彼らの娘さんの名前だ。だがもう一つは——〉

「おそらく奥様、フェリンさんのお名前……」

そういうことだったのか。

あのリンゴ園にも、やはり怪物が潜んでいたのだ。真実という名の怪物が。

〈娘を亡《な》くした水難事故で、アールは妻のフェリンも失っていたんだ。つまり、俺が見ていたフェリンは……幽霊？〉

「そういう言い方が正しいのかは分かりません。でも、私には見えないのに霊魂の状態となってしまった豚さんには見えた、というのは事実のようです。アールさんの執着が、フェリンさ

んの霊魂をこの世に引き留めてしまったのかもしれませんね」

強い執着心が、霊術に近い作用を引き起こしたということか。

〈死んだときの姿のままだから、フェリンはやたら若く見えたのか〉

ずっと黙って座っていたフェリン。実体がないはずの俺を撫《な》でてくれたフェリン。

あれは、俺がジェスにしか見えないのと同じように、アールにしか見えない、死者の霊魂だったのだろうか。俺は霊魂だったから、フェリンを見て、フェリンと触れ合うことができてしまったということなのだろうか――フェリンは霊魂だったから、俺を見て、俺と触れ合うことができてしまったということなのだろうか。


――あんなところに！　寂しい場所だったろう。頭のおかしいジジイが一人で暮らしてるだけでしょ。余ったリンゴを川に流すから、たまにこの辺りに流れ着いたやつが腐って迷惑してるんだ。まったく何考えてんのか分かんないよね

ジェスをナンパしていたキザ男の言っていることも、これを裏付けている。

やはり俺は、ジェスや同類によってしか観測されない霊魂となってしまったのか。

そして、さらに一つ気付く。

〈……俺の周りにある鏡……どれも、曇ったり裏返ったりしていて使い物にならなかったよな

〈……あれももしかすると、ジェスがやったのか〉

前を行く歩みがさらに遅くなる。

「そうです……豚さんのお姿は……鏡には映らないので…………んっ……」

ジェスの声に、聞いていられない嗚咽《おえつ》が混じり始めた。

そうだ。ジェスが北へ北へと進み救済《きゅうさい》の盃《さかずき》を手に入れようとしていた理由も、ここまでくれば明確じゃないか。霊魂に成り下がり、いびつな形でつなぎ留められてしまった俺の命を救うために、ジェスは救済《きゅうさい》の盃《さかずき》を求めていたのだ。

でもどうして、そんな大切なことを俺には秘密にして、シュラヴィスの手も借りず、セレスからは逃げさえして――

「分かりませんか」

ジェスは立ち止まり、振り返って、涙でぐしょぐしょになった顔で俺を見る。

「豚さんの状態はとっても不安定です。霊魂の分離に成功したばかりのときなんて、気まぐれに現れたり消えたり……私はそのたびに胸が張り裂けそうな思いをしました」

確かに……いつジェスのもとへ戻ったのか、定《さだ》かな記憶がない。

「今だって、豚さんはいつ消えてしまうかも分かりません。朝起きたら、いなくなっているかもしれない……救済《きゅうさい》の盃《さかずき》だって、豚さんに使えるとは限りません。いつか突然、もう二度と会えなくなってしまうかもしれない……それなら……」

ジェスの声は震えて、か細くて、それでも俺の心を楔《くさび》のように突き刺した。

「せめて最後くらいは……最後くらいは、二人で楽しい時間を………」

潮の浮いた冷たい石畳に崩れ落ちて、ジェスは泣いた。その前で、俺は呆然《ぼうぜん》と立っていることしかできなかった。

いや、立っていることすらできていないのだ。ここに俺の実体はないのだから。

頭を撫《な》でてやれないどころか、目の前のジェスに触ることすら叶《かな》わない。

氷水で冷やされたような血液が脳を麻痺《まひ》させていく。しかし、真実という怪物は止まることなく俺の方へ迫ってくる。

やたらサービスがよかったジェス。なぜかラブコメをやりたがったジェス。夜眠るのを嫌がっていたジェス。すべてに理由があった。恐ろしい真相があった。気付きたくなかった真実があった。

ジェスは俺に悟られないよう、すべての悩みや苦しみを独りで抱え込みながら、最後かもしれない二人の時間を精一杯楽しもうとしていたのだ。

「どうして！　どうして豚さんは、死んでしまわれたんですか！　ずっと一緒にいようって、そう約束したのに……どうして………」

——こんなに厳しい世界に独りでいるのは、つらいことです……私、ずっと祈っていたんです。

今でも願っています。いつでもそばにいてくださって、どんなときでも味方になってくださる方が欲しい、って……そんな私の願いを、豚さんは叶《かな》えてくださいました

――これは私が、豚さんと一緒にやりたかったことの目録なんです……私、ずっと孤独に生きてきて、豚さんと出会って初めて気付いたんです。世の中には、独りじゃできないことがある。独りでもできているようで、それでは見えない世界がある、って

――一番大切な人のそばから、いなくなったりしちゃいけないんですからね

旅の途中、ジェスから聞いたことを思い出す。そんな子を置いて、俺は――

実体のない涙が、実体のない俺の頰を流れ始める。

なかば自動的に、頭に浮かんできたことを言葉にする。

〈俺はこの世界の住人じゃない。本来別の世界にいるべき人間なんだ……それにジェスには、シュラヴィスという立派な結婚相手がいる〉

どうしてと訊《き》かれたから、真剣に理由を伝えた。しかし理由を言葉にしても、それは理由ではないような気がした。

「関係ないって、諦めないって、私……言ったのに……！」

しゃくりあげるジェスは、泥の上に落ちてしまった白いバラの花のようにも見えた。

優しくて、美しくて、勉強熱心な少女。王子の許嫁《いいなずけ》に選ばれ、魔法の実力も認められた、王家の血を引く秘密のプリンセス――

そこでようやく、自分の本当の気持ちが言葉となって浮かび上がった。

〈……やっぱり俺じゃ、ジェスには釣り合わないんだ〉

「え……？」

喉を痙攣《けいれん》させるように動かしながらも、ジェスは目を見開いて俺を見てきた。

それは俺の言わんとすることを全く理解していない顔だった。

〈ジェスは何も悪くない。だが俺は、豚であることを差し引いても、ジェスみたいに素晴らしい女性に釣り合う男じゃないんだ〉

どこか遠くで、海鳥が一回だけ鳴いた。

〈分かってくれるか。俺はオタクで、眼鏡で、ヒョロガリで、クソ童貞だ。ジェスみたいにすべてが完璧な女性にふさわしいタマじゃない。それにジェスは、王の弟、ホーティスの娘だ。このメステリアを統《す》べる王家の末裔《まつえい》なんだ〉

髪を振り乱して、ジェスは否定する。

「生まれなんて知りません！　それに私は、豚さんが不釣り合いだなんて思いません！」

ジェスの反論は叫び声に近かった。

「キルトリのお屋敷《やしき》で私が星に願ったとき、私のもとへ来てくださったのは豚さんです。私を王都まで送り届けてくださったのは豚さんです。記憶を封印されて何も分からなくなっていた私と一緒に、ニアベルの砦《とりで》から逃げてくださったのは豚さんです。契約《けいやく》の楔《くさび》を手に入れたとき、破滅《はめつ》の槍《やり》を手に入れたとき、私と一緒にいたのは豚さんです。いつだって豚さんは、私のそばにいてくださいました。私はこの先も、豚さんにそうしてほしいだけなんです……一緒にいられれば、それだけでよかったのに………」

返す言葉がない。脳裏に、懐《なつ》かしい日々が蘇《よみがえ》ってきた。

ジェスの豚小屋で目を覚ましてから、俺は確かにジェスと一緒にいた。王によって元の世界に戻されてからも、俺は自分の意志でこのメステリアへ戻ってきた。サノンやケントたちと一緒に、この歪《ゆが》んだ世界を正すため。ジェスを幸せにするため――

「豚さんは！」

ジェスの声が、俺を現実に引き戻す。寒い港町の、暗い海辺に。

「私と一緒にいたいと、そう思わないんですか……！」

潮風に吹かれ、ジェスの髪はすっかり乱れている。

見慣れた顔は悲痛に歪《ゆが》み、涙に汚れ、それでも見慣れた、愛《いと》しい顔だった。

ようやく俺は、自分の本心に気付いた。俺がメステリアに戻ってきた本当の理由。それは世界の歪《ゆが》みを正すためでも、ジェスを陰ながら幸せにするためでもなかった。俺はそんなに意志

の強い男じゃない。正義漢でもない。

どんなに御託を並べたところで。

理由はもっと、単純だった。

釣り合わないと分かっていても。ジェスの人生の邪魔になると分かっていても。

俺はジェスに、また会いたかったのだ。

ジェスと一緒にいたかったから、俺はこの世界に再び来たのだ。

それなのに、俺は崖から……

〈……一緒にいたいさ〉

そう伝えた瞬間、ジェスの茶色い瞳が、まっすぐに俺を見てきた。

溢《あふ》れるような思考を言葉にして伝える。

〈そうだよ、一緒にいたかった！　あの夜、生まれて初めてキスをして、ずっと一緒にいようとジェスに言われて、一緒にいたいと、そう心から願った自分がいた！　帰るべきなのに、どうやったって釣り合わないのに、ジェスとの日々を夢見る自分に気付いた！　だからこそ、あの夜を逃してしまったら、俺はもうジェスのもとを離れられなくなってしまうと思った！　だからこそ、元の世界へ帰ろうとした！〉

そして思い至る。

どうしようもないほどに不器用な童貞の、どうしようもない感情に。

〈……だからもう、きっと手遅れだ〉

「え……？」

そう、手遅れなのだ。

——いつか一緒に旅をしましょう。二人で、終わりのない旅を

そう言われて、その魅力から目を逸《そ》らせなくなった自分がいることに気付いた。

〈ジェスと一緒にメステリアを旅して、俺はもう、ジェスのもとを離れようだなんて思えなくなった。俺だって離れたくない。釣り合わないとしても、住む世界が違うとしても……ジェスがこんな俺を好きでいてくれるなら、俺だって一緒にいたい。抗《あらが》いようのない最後が来るまで、一緒に終わりのない旅をしたい……〉

こんなこと、俺が言ったら気色悪いことくらい分かっている。

でも、ジェスが涙に塗《まみ》れて叫んでくれたのだから、俺にも言う義務があった。

「豚さん……」

〈許してくれ。ジェスのもとを離れようとしたこと〉

「……そんな言葉で、私が許すと思ってるんですか」

ぷんすこジェスではない、涙を浮かべて、恨めしげな目でこちらを睨《にら》むジェスがいた。

「私が豚さんを許す条件は、ただ一つです」

ジェスに似合わない厳しいまなざしが俺に向けられる。

「これからもずっと一緒にいると、そう私に約束してください」

約束……。

未来のことなんて分からない。厳密に考えれば、そんな無責任な約束はできるはずがないのだ。しかしジェスは、答えを求めている。そしてその答えはきっと、半永久的な将来の保証ではなくて、それに耐え得るだけの、現在の覚悟の確認なのだろう。

どんなに未来が見えなくとも、今これだけなら言える。

〈これからもずっと、一緒にいよう〉

まるでプロポーズみたいな言葉に、自分でもむず痒《がゆ》いような気持ちになった。

ジェスはようやく、涙の枯れた目で笑った。

そして嬉《うれ》しそうに頷《うなず》く。

「豚さんが約束を破ったら、私は地の果てまででも、時の果てまででも、冥界《めいかい》の果てまででも、あらゆる手段を使って豚さんを追い詰めに行きますからね」

茶色の瞳は夜も澄み切っていた。

「……そして豚さんと一緒になります」

宿へ戻ろうと、俺たちは海沿いの道をゆっくり歩いた。話しながら、ずいぶん遠くまで来てしまったようだ。ずっと向こうの崖の上に、宿の建物の灯《あか》りが見える。

突然逃げ出されて、セレスもびっくりしただろう。帰ったら謝らなくてはならない。……裸を見てしまったことに対しても。

言葉少なに俺たちは進む。船を揺らす静かな波音が、歩みと共鳴するようだ。

港から離れる角を曲がろうとした、そのときだった。

カタカタカタ、と音がして、小さな船がこちらへ接近してきた。屋根付きの、木造のボロ船だ。急接近してきて、すぐ近くの船の間に割り込むようにして接岸する。

黒ずくめの人影が船内から出てきて叫んだ。人影は舳先《へさき》から大きくジャンプしてこちらに着地すると、被《かぶ》っていたフードをさっと下ろした。

「ジェス！」

カールした金髪。白い肌。濃い眉。彫りの深い顔。

メステリアの王子、シュラヴィスだった。

シュラヴィスはジェスに歩み寄るなり、その細い身体《からだ》をがっしりと抱擁した。

「無事だったか。安心した」

セレスと同じで、シュラヴィスは俺に気付いていない。ジェスを胸の辺りに抱きとめながら、嬉《うれ》しそうに頬を緩ませていた。その頬骨の上には、生々しい傷跡があった。

……ん？

様子がおかしい。クルクルと巻いた髪は優雅というよりはむしろ乱れていて、白い肌は傷と泥で汚れている。王子というよりは、兵士じゃないか。

しばらくのち、シュラヴィスはジェスを胸から放した。大きな手をジェスの両肩に置き、その泣き顔をまっすぐな目で見つめる。

「どうした、泣いていたのか」

ジェスは驚いた様子で、言葉に詰まっていた。

「ようやっと捕まえたね」

船の方から女の声がした。冬には似合わない露出の多い服。背中には、金銀の装飾が施され、磨き上げられた大きな斧《おの》がある。解放軍の女幹部、イツネだ。その後ろには大きなクロスボウを携えた少年――イツネの弟、ヨシュ。少女と獣の影も船上に見えた。

仲間の目を気にしてか、シュラヴィスはジェスの肩から手を下ろす。

「昨日ノットから、ジェスがムスキールに向かっているらしいと便りがあった。それで船を盗み、急いで外洋を航海してきたのだ。無事会えてよかった」

いつも通りの落ち着いた声で、王子はジェスに語り掛けた。

「それにしても、こんなところに独りでいるとは……」

「シュラヴィスさん……ごめんなさい。私、みなさんを置いて……」

ジェスの涙は止まっていたが、その声は細いままだった。

警戒するように周囲に視線を散らしながら、シュラヴィスはジェスに言う。

「豚を亡《な》くしてつらいんだろう。気持ちは分かる。あいつは俺にとっても大切な友人だった。だが、もう自暴自棄になってはいけない。こんな状況では、もう残された俺たちでやっていくしかないのだ」

励ますように言うシュラヴィスを、俺はすぐ近くから眺めていることしかできなかった。

咳払《せきばら》いをして、シュラヴィスは早口に言う。

「ジェス、あれから色々なことが分かってきた。母上はまだ生きている――いや、生かされていると言った方がいいか。父上の身体《からだ》を乗っ取ってからというもの、闇躍《あんやく》の術師の一番の狙いはこの俺だ。母上を生かしたまま、人質にして、俺を釣り出そうとしているのだ。そうと分かってはいるのだが、俺はどうにかして母上を助け出したい。力になってくれないか」

…………？

話についていけない。闇躍《あんやく》の術師が王マーキスの身体《からだ》を乗っ取った？　王妃ヴィースが人質になっている？　シュラヴィスの命が狙われている？　それじゃあ、王家の血を引くジェスだって、もしかすると……。

〈ちょっと待ってくれ。ジェス。メステリアはいったい、どうなっちゃったんだ〉

ジェスがこちらを振り向く。シュラヴィスは怪訝《けげん》そうに俺を見た——いや、違う。今なら分かる。その緑の瞳は、俺ではなくて、ジェスが見ている虚空《こくう》を見つめているのだ。

「何かあったか」

シュラヴィスの問いに、ジェスは小さく口を開く。

「私……成功したんです」

「何に……？」

「第二の霊術——霊魂の分離です。豚さんの霊魂を……」

シュラヴィスは動揺を隠さない。

「何だって……？　まさか本当に……どうなった？　豚の意識は？」

「戻りました」

見開かれたシュラヴィスの目が、もう一度俺の方へ向けられる。しかし、視線の方向は俺の立っている位置より少し左側だ。

「見えるようになったわけではないんだな」

「私以外の方には見えないようです……心の声も、私にしか聞こえません」

「それじゃあ単に——」

と言いかけて、シュラヴィスは口をつぐんだ。言いたいことは分かる。姿はジェスにしか見えず、声もジェスにしか聞こえない、実体のない豚の霊魂。存在するとジェスが思い込んでいるだけで、ただの幻覚だという可能性は排除できない。

しかし、「豚思う、ゆえに豚あり」という言葉もある。俺は確かに存在しているのだ。

「豚さんは確かにいらっしゃいます。今だって、私たちの姿を見ていますし、私たちの会話を聞いています」

シュラヴィスの顔がさっと赤くなる。魔法使いでなくても考えていることは分かる。ジェスを抱きしめていたところを俺に間近に見られていたら、と考えたのだろう。

〈シュラヴィスに、よろしく童貞野郎と伝えてくれ〉

と俺がお願いすると、

「豚さんがよろしく童貞野郎と言っています」

とジェスが伝言してくれた。

シュラヴィスは困惑した様子で、また俺のいる辺りの地面を見る。

「そうか……ああ、また会えてよかった……」

それは、ジェスの言うことをあまり信じていない口調だった。

「シュラヴィスさん、豚さんにはまだ王朝のことなど、何も話していません。私のためにも、豚さんのためにも、一から説明していただけませんか？」

「まあ、それは構わないが……」

シュラヴィスが口籠っていると、坂道の方からバタバタと何人かの足音が聞こえてくる。

「誰だ」

シュラヴィスはジェスを後ろ手に庇《かば》った。

イツネとヨシュが船から降りて、示し合わせていたかのようにシュラヴィスの左右を守る。近くで見て、イツネの大斧《おの》も、ヨシュのクロスボウも、どちらも金銀で装飾された立派な武器に変化しているのに気付いた。イェスマの骨は相変わらず使われているが、その他の部分は美麗に、しかし実用性を損なわないように改良されている。

「馬鹿野郎、俺だ。武器を向けんじゃねえ」

聞き慣れた声だった。すらりと背の高い、金髪を短く切ったイケメン。腰からは金銀の装飾が施された双剣を提げている。ノットだ。後ろには、セレス、少年、そして黒豚。

「まったく、手間かけさせやがってよ。好きでもねえ女の尻をこんなに追いかける羽目になるとはな」

短く息を吐き、ノットはジェスを睨《にら》んだ。

「す、すみません……」

「まあいい。王子様もお揃《そろ》いで、ようやく一通り集まったわけだ」

細身のノットが、骨太のシュラヴィスに近づく。久しぶりの再会なのか、解放軍の長と王子はしばらく互いに視線を交わした。

「案外元気そうじゃねえか。無事だったたか」

「なんとかな。イツネとヨシュのおかげで、何度も命拾いをした」

「貸しは高くつくぜ、王子様よ」

「負けてもらうつもりはない」

海から冷たい風が吹きつけてくる。北の果てで、俺たちは再び一堂に会した。懐《なつ》かしい面々を前に、しかし俺は直接言葉を伝えることができない。

シュラヴィスが口火を切る。

「奇《く》しくも必要な人間は揃《そろ》ったようだな。これまでのことと、これからのことを話したい」

「これまでのこと？　俺たちはもう分かってるぜ」

訝《いぶか》しむ様子のノットに、シュラヴィスはジェスを示して言う。

「ジェスは禁断の魔術に手を出し、豚の意識を蘇《よみがえ》らせた。俺たちには認識できないが、ここには豚の霊魂があるそうだ。ジェスだけが霊媒できる」

あからさまに顔をしかめるノット。

「どういうことだ。ゲス豚野郎がここにいるって？」

〈その通りだ童貞野郎、って伝えてくれ〉

ジェスは素直に、ノットの方へ向く。

「その通りだ童貞野郎」

凍るような沈黙。

「──と、豚さんがおっしゃっています」

ノットは呆気《あっけ》にとられて耳を赤くしていたが、あっさりと話をのみ込んだ。

「そうかよ。一人だけ逃げやがってと思ってたが……まだ知恵を出してくれるってんなら文句はねえ。さあどっから話す」

「最初は王朝の話だ。王子であるこの俺が話そう。豚、聞いているな」

ジェスに頷《うなず》くよう伝えると、ジェスはこくりと頷《うなず》いた。

解放軍の面々に囲まれ、波を見下ろしながら、シュラヴィスは語る。

「お前が身を投げた日からひと月ほどのことだ。突然のことだった。地下に闇躍《あんやく》の術師の状態を確認しに行った父上が、闇躍《あんやく》の術師に攻撃された。魔力を封じる首輪を装着し、さらにできる限りの封印措置をとっていたはずだったが、奴《やつ》は自分の身体《からだ》を腐敗させ、首を少しずつ削って切り離し、呪縛を逃れていた。地下の石室に入った父上は、瞬時に攻撃に対処したが、奴《やつ》を燃やしたときに灰を吸い込んでしまったのだ」

無感情に、シュラヴィスは続ける。

「術師は霊術を使い、父上の身体《からだ》を奪い取った。メステリア最強の魔力とともにな。そうして、メステリア最凶の魔法使いが誕生したわけだ」

信じたくない話に、むしろ聞き入ってしまう。

「父上の理性が放った最後の言葉は『逃げろ』だった。俺もジェスも、命からがら王都から脱出した。脱出できたのは俺たちだけだ。母上は術師に捕まってしまった。俺たちはひとまず解放軍のところに身を寄せたが、神の血を引く俺を術師は執拗《しつよう》に追い続けた。奴《やつ》らの攻勢によって、俺たちはバラバラになってしまった」

嫌な予感が当たった。今は俺とジェスだけの秘密のはずだが、ジェスの父は王の弟、ホーティスだ。ジェスもシュラヴィスと同様、神の血――ヴァティスの血を引いている。つまり、秘密が闇躍《あんやく》の術師に知られてしまえば、ジェスも執拗《しつよう》な攻撃の対象となり得るのだ。殺害の対象となり得るのだ。

俺の不安など知る由《よし》もないシュラヴィスは、淡々と続ける。

「今のところ、俺たちはまだ無事だが、このメステリアは無事とは言えない。術師に乗っ取られた王朝は、今も平時のふりをしながら、本来の役割を停止し、世界を最悪の方向に進めようとしている」

旅の途中、少し引っかかっていた言葉は確かにあった。

――このところ治安がどんどん悪くなってきとる

――まったくこんなご時世ですから、商売あがったりですよ

――どこの嬢ちゃんだって関係ねえ。今は雇用中のイェスマだって構いやしねえだろが

メステリアは、平和になったはずだった。そんな平和も、王朝の崩壊によって、一瞬で――ジェスのことを思う。きっと不安だったはずだ。また命を狙われるかもしれないのだ。不安だったに違いない。そんな中で、ジェスは必死に俺を求めて……そして、禁断の魔術に手を出してまで、俺の意識を復活させたのだろうか……。

ノットが横から口を挟む。

「そんなときに、ジェスは姿を消しやがったってわけだ。国中から命を狙われてる王子様はイツネやヨシュと逃亡を続け、その間に俺はジェスを探した」

何かに追われていたようなジェスは、ずっと、ノットから逃げていたのだ。温泉に光を当てようと雲を爆破したときも、それで王朝やノットに居場所がバレてしまうと思ったから、まずいと思ったのだろう。

そしてヘックリポンを燃やしたのは、闇躍《あんやく》の術師に乗っ取られてしまった王朝に、居場所を知られたくなかったから。

俺たちのラブコメな旅は、常に破綻と隣り合わせだった。

「ごめんなさい……私、みなさんのお役に立てるだなんて、思ってもみなくて……」

シュラヴィスはやれやれとため息をつく。

「ジェス、今脱魔法《エグディツサ》は何回だ」

問われて、ジェスは指折り数える。

「自覚している限りでは……九回です」

九回……？

「俺はまだ七回だ。叔父上流の計算をすれば、ジェスは俺の四倍の戦力になる。その気になれば一人で街一つ落とせるくらいだろう」

脱魔法《エグディツサ》――魔力が二倍ほどに増強される、魔法使いの脱皮。回数を重ねるほど強くなるため、しばしば強さの指標になる。俺の意識がない間にも、ジェスは魔法を使い続け、脱魔法を繰り返していたということか。

シュラヴィスがずいと歩み出る。

「どうか逃げないでほしい。このメステリアは、平和な場所でなくてはならない。そして俺は、何としてでも母上を生きて助け出さなければならない。どうか力になってくれないか。俺たちが解放軍と組めば、まだ希望はある。叔父上の死を無駄にしたくはないだろう」

ジェスはシュラヴィスを見つめ返す。王朝と解放軍の橋渡しとなって死んだホーティスは、ジェスの父親でもあった。

ホーティスの築いた平和が今、呆気《あっけ》なく無に帰そうとしている。

言葉を探しているジェスに、ノットが言う。

「別に俺たちの戦いに参加して人を殺せと言ってるわけじゃねえ。どうせこのメステリアに居場所はねえんだろ。居場所のない同士、バラバラでいるより一緒にいた方が得じゃねえか、心強いんじゃねえかと、そう言ってんだ」

金髪イケメン二人に迫られ、ジェスは逃げるように俺を見る。

「豚さん、どうしましょう……」

怪訝《けげん》そうな目がジェスに向けられる。空気に向かって話しかける姿は、きっと奇妙に見えるだろう。旅じゅうずっと、ジェスがそうだったように……。

〈ジェスがどんな選択をしようとも、俺はずっと、ジェスと一緒にいる。もう逃げたりはしない。ジェスのやりたいようにやればいい〉

「私は……」

言《い》い淀《よど》むジェスに、シュラヴィスが助け舟を出す。

「まずは豚を元に戻したいんだろう。試してみればいい。分離に成功しているのなら、ジェスのやりたいことは、俺たちの目的とそう遠いところにはないはずだ」

…………？

「どういうことでしょうか……？」

シュラヴィスは手を腰に当てて微笑《ほほえ》む。

「父上は闇躍《あんやく》の術師の霊魂に乗り移られ、主導権を握られてしまった。一方ジェスは豚の霊魂を取り込み、その意識を復活させることに成功した。父上とジェスは、表に出ている主体こそ違えど、霊術としてはほぼ同じ状態にある。そしてそれを解決する鍵は、ちょうどこの北、最《さい》果《は》て島《じま》にあるようだ」

まさか……

「救済《きゆうさい》の盃《さかずき》ですね！」

ジェスの言葉に、意外にも、シュラヴィスは首を傾《かし》げた。

「救済《きゆうさい》の盃《さかずき》……？　いや、違う。ジェスはこれを読んでいたわけではないのか」

どこからともなく、シュラヴィスは赤い表紙の本を取り出す。

「『霊術開発記　後編』。ヴァティス様が編纂《へんさん》した、霊術に関するメステリアで最も詳しい文献だ。前編はジェスが持ち出したのだろう。第二段階までの霊術に関して、これまでに分かっていることすべてがそっちに書かれている。一方、後編に書かれているのは第三、第四段階。メステリアの深世界《しんせかい》に関わるものだ」

「深世界《しんせかい》？」

訊《き》き返す様子を見るに、ジェスも知らない単語のようだ。

「人の執着によって形作られた、もう一つのメステリアだ。深世界《しんせかい》は霊魂すら具現化させる場所。そちらに入れば、父上に接触できるかもしれない。その入り口は最果《さいは》て島《じま》にあるらしい」

どういうことだ？　マーキスの霊魂との接触と、俺を戻すのとに、どう関係がある。

「深世界《しんせかい》に行けば、豚さんは元に戻るんですか」

シュラヴィスは小さく肩をすくめる。

「やってみなければ分からない。しかし、ヴァティス様は深世界《しんせかい》へ潜った際、霊魂となった夫のルタに身体《からだ》を与えることに成功している。すべてこの、開発記に書いてあることだ。てっきりジェスも、その可能性に賭けて北上していたのだと思ったが……」

救済《きゅうさい》の盃《さかずき》。深世界《しんせかい》への入口。どういう因果か、俺たち全員の運命が、最果《さいは》て島《じま》で再び集結しているように思えた。

二人のやり取りを難解そうに聞いていたノットが、横から口を挟む。

「なんだ、よく分かんねえが、とにかく俺たちは北の島に行けばいいってことかよ」

「そのようだ」

霊術とやらについてはまた話を聞かなければならないが、さしあたり俺たちのすべきことは決まったようだ。

〈どうも俺たちの運命は、この国の運命と切り離せないみたいだな〉

ジェスは俺を見て、頷《うなず》いた。そしてシュラヴィスを、ノットを、まっすぐに見る。

「行きましょう。最果《さいは》て島《じま》へ」

「決まりだな」

ノットがあっさりと言った。

シュラヴィスはジェスとノットの間に入り、二人の肩に同時に手を置く。

「最後の戦いだ」

決意にみなぎる王子の目が、最後に俺のいる方へ向けられた。

「俺たちで一緒に、メステリアを取り戻そう」

ジェスの荷物はまだ宿にあった。俺たちはいったん二人で宿に戻り、部屋を空にした。

王暦一二九年はもうすぐ終わりだ。新しい年がやってくる。

「ちょっと、ゆっくり歩きませんか」

宿を出て、ノットたちが待つ港へ下りる道すがら、ジェスは微笑《ほほえ》んでそう言った。

「もう少しで日付が変わります。二人で年を越しましょう」

〈そうだな〉

歩みが遅くなる。海へ向かって下る白い石畳の道を、冬の寒い風が吹き抜けていく。

北の空には、願い星が赤く輝いていた。日中は曇りだったが、少しずつ晴れてきているようだ。明日は晴天だろう。

「何か……」

呟《つぶや》くジェス。

「何か、楽しいお話がしたいです。今日いっぱいは、らぶこめしませんか」

〈楽しい話か……〉

考えていると、俺が乗り気ではないと思ったのか、ジェスは意気込んでくる。

「えっちなお話でもいいですよ」

いいの？？？

〈いや、えっちなお話はしないが……〉

「そうですか……」

そこで残念そうな顔をされても困る。

〈現在がどうしようもないときはな、未来の話をするのがいい。何をしなきゃいけないか考えるのは嫌だろうから、何をしたいか考えよう。そうやって夢を膨らませてみないか〉

「いいですね、やりましょう！」

自然な笑みで言うと、ジェスは願い星を指差した。

「せっかくメステリアの最北端まで来たんです。手は届かないにしても、願い星に私たちの願いを届けてみませんか」

〈いいアイデアだな〉

願いを叶《かな》えるのは、結局は星ではなくて自分だろう。しかし、自分が何を願っているのかを改めて確認する手段として、星に願うのは意味のあることだと思う。

たとえどんなに、突拍子もない想《おも》いだとしても。

願いは、祈りは、言葉にしなければ。

「星が願いを叶《かな》えてくれるとしたら、豚さんは何を願いますか」

〈ジェスたそのおぱんつが欲しい〉

迷いのない即答。

「願い星が本当にそれを叶《かな》えてしまったらどうするんですか……」

また七つの球を集めなきゃいけないな。

「七つの球……？」

〈何でもない、地の文は気にしないでくれ〉

ここは真面目に答えるべきだろう。

〈ジェスのおかげで、北を目指す旅はすごく楽しかった。また二人で旅がしたいな。今度はちゃんとした身体《からだ》で。秘密も、嘘《うそ》もなしで〉

「ええ、私も同じです」

夢見るようなジェスの横顔は美しかった。

「また豚さんと旅をしたいです。何にも追われない、自由な旅を」

〈きっとできるさ〉

一瞬、願い星が明るく輝いたような気がした。

どこからか、低い鐘の音が響いてくる。続いてバチバチと音がして、急に周囲が明るくなった。見回すと、家々からオレンジ色の小さな花火が上がっている。

「あ、豚さん、年が変わったみたいですよ！」

ジェスの瞳は花火を映してキラキラと輝いている。

あけおめと言おうかと思ったが、そういえばジェスは喪中だった。

〈今年もよろしくな〉

俺の挨拶に、ジェスはにっこりと頷《うなず》く。

「はい、今年もよろしくお願いします」

諸君は、清純金髪美少女と二人きりで年を越したことがあるだろうか。年が明けた瞬間に今年もよろしくと言い合ったことは？　ない？　それはかわいそうに！

ふふふ、と笑って、ジェスは少しだけ歩みを速めた。

「シュラヴィスさんたちが心配してしまいます。そろそろ戻りましょう」

〈そうするか〉

通り沿いの家からは一家団欒《だんらん》の声が漏れ聞こえてくる。だが、その温かさを羨むことはもうない。

俺にはジェスがいる。

これからどんな冒険が待っていようとも、そばにいようと誓い合った人がいる。

それだけで、胸の中がほんのりと温まるのだった。

日の出を待つため、ノットたち一行は使われなくなっていたレンガの倉庫にいた。俺たちもそこに加わる。明日の朝、全員で最果《さいは》て島《じま》を目指す予定だ。

温かい魔法の火を囲みながら、生ある者たちはひとときの団欒《だんらん》を楽しんだ。

俺の声をジェスに中継してもらって誰かへ届けることができないのと同じように、魔法使いの能力をもってしても、俺には黒豚のサノンやイノシシのケントの心の声は聞こえなかった。

だから、みなが黒豚の語ることに耳を傾けているときも、それが何の話題なのか、俺には見当もつかなかった。

「えええ、思い込みじゃありません！　豚さんは本当にいるんです！」

ジェスの主張を聞いて、ようやくその話題が何なのかに気付いた。

慎重なサノンは、俺の霊魂の存在がジェスの妄想ではないかと疑っているのだ。

フゴフゴと鼻を鳴らす黒豚に、セレスが困ったように言う。

「え、私の裸は……関係なくないですか……」

周囲の反応から推測するに、どうやらこのロリコン豚野郎は、俺がセレスの裸を間近に見てしまったということを信じたくないようだ。

イノシシが何か語り、その場にいた面々が納得したように頷《うなず》く。

ジェスもその一人だ。

「なるほど……私が豚さんから、豚さんしか知り得ないことを聞き出せば……そうすれば、豚さんの存在を信じていただけるということですね」

それならと、黒豚が一歩前に進み出た。分かりましたです、とセレスが口を開く。セレスの目はジェスの隣の空間、俺がいるはずの場所へ向けられている。

「サノンさんからくそどーてーさんに、ご質問です」

少しだけ間があって。

「あちらの世界にいたとき、くそどーてーさんが最後に書いた物語の題名は何ですか」

黒豚の目がキラリと光る。

俺がメステリアでのブヒブヒ大冒険を記し、細々とネットに公開した小説。同じくメステリアに転移したサノンが発掘して、二度目の転移の契機となった小説。

確かにその題名は、こちらの世界では俺とサノンとケントしか知り得ない情報だろう。

確信に満ちたジェスの目がこちらに向けられる。俺はジェスをしっかり見つめ返して、答えを言った。一瞬だけ怪訝《けげん》そうに、ジェスの眉が動く。それもそうだ。こんなおかしなタイトルの小説、このメステリアには存在しないだろうから。

ジェスは俺の言葉を噛《か》み締《し》めるように反復した。

火を囲む人間たち全員の頭の上に、クエスチョンマークが浮かんだ。しかし黒豚とイノシシの反応は違った。二人の心の声が伝わったのか、クエスチョンマークは消えていく。

これで俺の存在は証明された。

霊術が確かに成功していることを示す、ちょっと場違いな合言葉。

ジェスはただ一言、こう言ったのだ──

「豚のレバーは加熱しろ」

あとがき（4回目）

お久しぶりです、逆井《さかい》卓馬《たくま》です。

早いもので、私が珍妙なタイトルの小説で作家デビューを果たしてから、すでに一年が経過しました。小説を書くというのはいまだに難しく、毎巻ひいひい、はあはあ、ぶひぶひ言いながら執筆しております。今も連載が続けられているのは読者のみなさんのおかげです。重ね重ね、御礼申し上げます。本当にありがとうございます。

さて、せっかくの機会ですので（?）、私が小説を書き始めた経緯をお話ししましょう。

あれは大学一年生の冬のことでした。クリスマスはどう過ごそう、なんて話を恋人とすることもなく、そもそも恋人はおらず、迫りくる試験に向けてガリガリ勉強をしていた折、高校時代の友人たちから夕食の誘いがありました。久しぶりのことで嬉《うれ》しくなり、顔を出すことにした食事会で出てきたのが、なんと豚のレバ刺しで——という冗談はさておき、私が小説を初めて書いたのは小学生のときでした。

そのころ、英国発の某長編ファンタジーが世を席巻《せっけん》していました。世界中の人たちが痩せた眼鏡の少年の行く末に注目していて、私ももちろんその一人。

もともと本を読むのは好きだったのですが、そのファンタジー世界に魅了されてから、私は物語へのめり込むことを憶《おぼ》えてしまいました。

小説というのは現代において最強のVRだと思っています。没頭して読む能力さえあれば、ページをめくるだけでその世界へ飛び込んでいけるのです。私は好きな物語を、何度も繰り返し、時間を忘れて読みふけりました。

その延長線上に、書くことがありました。

自ら物語を書くことのメリットは、何より、自分が自由に想像した世界を体験できるところにあると思います。一度物語を書き始めたら止まりません。自分の紡《つむ》ぐお話の中では、筋さえ通っていれば何でもできます。ファンタジー世界で旅をしながら清楚《せいそ》な完璧美少女に豚呼ばわりされることだって可能なわけです。そんな魅力に取り憑《つ》かれて、日々小説を書きながら、私は非モテの中高生時代を突き進んできました。

そして大学一年生の冬——というのはもういいですね。

こうやって昔話をしていると、私の中での〈小説〉と〈旅〉の類似点に気付かされます。実は私、旅をするのも大好きなんです。

ここからは少し、〈旅〉の話をさせてください。

旅をすることは、小説を読むことと同じで、日常から離れて違う世界に飛び込んでいく行為です。普段通りの日常生活ではできないことを体験するために、私たちは旅をします。

もちろん、何かを目指して進んでいる場合や、美少女といちゃらぶすることが目的の場合など、いくつか例外はありそうですが……。

それでもやはり、旅というのは非日常や異文化の魅力に溢《あふ》れたものです。旅先で、自分の見たことがないもの、自分の知らないことに接すると、なんだかワクワクしてきませんか？

ちょっと視野を広げてみるだけで、ちょっと足を止めてみるだけで、旅は謎解きになり得ます。ほんの些細《ささい》な謎でも、よく考えてみれば、その土地、その文化に特有の真実に結びつくかもしれません。勉強してきたことや、旅で見聞きしたことがヒントです。探偵役は旅をしているあなた自身。なんだか楽しそうじゃありませんか？

好奇心旺盛な美少女が隣にいなくても、そうやって謎を探しながら旅をするのは面白いはずです。興味をもたれた方は、騙《だま》されたと思ってぜひお試しください。

分断が進むこの時代、そういう分からないことに興味をもって分かろうとする想像力は、実は結構役に立つんじゃないかと思ったりもしています。

長くなってしまいました。ともかく、みなさんが（、そして私が）安心して自由に旅行できる世の中に戻ることを心から願っています。旅行が難しいときは、小説を読んだり書いたりして旅気分を味わうのもいいかもしれませんね！

ちなみに、私が今暮らしている青森には、素敵なものがたくさんあります。信じられないくらいすっぱい温泉とか、大きくて真っ赤なリンゴとか……。

旅行先を検討中の方は、ぜひ青森へ！　豚肉も結構おいしいです。

さて、ジェスたそと豚さんの冒険は、どうやらもうちっとだけ続くようです。波乱万丈になることとは思いますが、最後まで、なんだかんだで楽しいお話になると信じています。

どうかこれからも、二人の旅路を見守っていただけますと幸いです！

二〇二一年四月　逆井卓馬

◉逆井卓馬著作リスト

「豚のレバーは加熱しろ」（電撃文庫）
「豚のレバーは加熱しろ（2回目）」（同）
「豚のレバーは加熱しろ（3回目）」（同）
「豚のレバーは加熱しろ（4回目）」（同）

本書に対するご意見、ご感想をお寄せください。

ファンレターあて先
〒102-8177　東京都千代田区富士見2-13-3
電撃文庫編集部
「逆井卓馬先生」係
「遠坂あさぎ先生」係

本書は書き下ろしです。

電撃文庫

豚《ぶた》のレバーは加熱《かねつ》しろ（4回目《かいめ》）

逆井卓馬《さかいたくま》

2021年5月10日　初版発行

発行者　青柳昌行
発行　株式会社KADOKAWA
〒102-8177　東京都千代田区富士見2-13-3
0570-002-301（ナビダイヤル）
装丁者　荻窪裕司（META＋MANIERA）
印刷　株式会社暁印刷
製本　株式会社ビルディング・ブックセンター

●お問い合わせ
https://www.kadokawa.co.jp/（「お問い合わせ」へお進みください）
※内容によっては、お答えできない場合があります。
※サポートは日本国内のみとさせていただきます。
※ Japanese text only

※定価はカバーに表示してあります。

ISBN978-4-04-913835-1　C0193　Printed in Japan

電撃文庫　https://dengekibunko.jp/

電撃文庫創刊に際して

文庫は、我が国にとどまらず、世界の書籍の流れのなかで〝小さな巨人〟としての地位を築いてきた。古今東西の名著を、廉価で手に入りやすい形で提供してきたからこそ、人は文庫を自分の師として、また青春の想い出として、語りついできたのである。

その源を、文化的にはドイツのレクラム文庫に求めるにせよ、規模の上でイギリスのペンギンブックスに求めるにせよ、いま文庫は知識人の層の多様化に従って、ますますその意義を大きくしていると言ってよい。

文庫出版の意味するものは、激動の現代のみならず将来にわたって、大きくなることはあっても、小さくなることはないだろう。

「電撃文庫」は、そのように多様化した対象に応え、歴史に耐えうる作品を収録するのはもちろん、新しい世紀を迎えるにあたって、既成の枠をこえる新鮮で強烈なアイ・オープナーたりたい。

その特異さ故に、この存在は、かつて文庫がはじめて出版世界に登場したときと、同じ戸惑いを読書人に与えるかもしれない。

しかし、〈Changing Times,Changing Publishing〉時代は変わって、出版も変わる。時を重ねるなかで、精神の糧として、心の一隅を占めるものとして、次なる文化の担い手の若者たちに確かな評価を得られると信じて、ここに「電撃文庫」を出版する。

1993年6月10日
角川歴彦

電撃文庫DIGEST　5月の新刊

発売日2021年5月8日

創約　とある魔術の禁書目録《インデックス》④

【著】鎌池和馬　【イラスト】はいむらきよたか

ついにR＆Cオカルティクスに対する学園都市とイギリス清教の大反撃が始まるが、結果は謎の異常事態で……。一方、病院送りになった上条当麻のベッドはもぬけの殻。――今度はもう、『暗闇』なんかにさせない。

学園キノ⑦

【著】時雨沢恵一　【イラスト】黒星紅白

「みなさんにはこれから――キャンプをしてもらいます！」。腰にモデルガンを下げてちょっと大飯喰らいなだけの女子高生・木乃と、人語を喋るストラップのエルメスが繰り広げる物語。待望の第7巻が登場！

俺を好きなのはお前だけかよ⑯

【著】駱駝　【イラスト】ブリキ

ジョーロに訪れた史上最大の難問。それは大晦日までに姿を消したパンジーを探すこと。微かな手がかりの中、絆を断ち切った少女たちとの様々な想いがジョーロを巡り、葛藤させる。最後、物語が待ち受ける真実と想いとは――。

娘じゃなくて私《ママ》が好きなの!?⑤

【著】望 公太　【イラスト】ぎうにう

私、歌枕綾子、3ピー歳。仕事のために東京へ単身赴任することになり、住む部屋で待っていたのは、タッくんで――！えぇぇ！　今日から一緒に住むの!?

豚のレバーは加熱しろ（4回目）

【著】逆井卓馬　【イラスト】遠坂あさぎ

闇躍の術師を撃破し、ひとときの安寧が訪れていた。もはや想いを隠すこともなく相思相愛で、北へと向かう旅を楽しむジェスと豚。だがジェスには気がかりがあるようで……。謎とラブに溢れた旅情編！

楽園ノイズ2

【著】杉井 光　【イラスト】春夏冬ゆう

華園先生が居なくなった2学期。単独ライブ・そして11月の学園祭に向けて練習をするPNOメンバーの4人に「ある人物」が告げた言葉が、メンバーたちの関係をぎこちなくして――高純度音楽ストーリー第2幕開演！

隣のクーデレラを甘やかしたら、ウチの合鍵を渡すことになった2

【著】雪仁　【イラスト】かがちさく

高校生の夏臣と隣室に住む美少女、ユイが共に食卓を囲む日々は続いていた。初めて二人でデートとして花火大会に行くのがきっかけとなり、お互いが今の気持ちを考え始めたことで、その関係は更に甘さを増していく――

となりの彼女と夜ふかしごはん2 ～ツンドラ新入社員ちゃんは素直になりたい～

【著】猿渡かざみ　【イラスト】クロがねや

酒の席で無理難題をふっかけられてしまった後輩社員の文月さん。先輩らしく手助けしたいんだけど……「筆塚マネージャーの力は借りません！」ツンドラ具合が爆発中!?　深夜の食卓ラブコメ、おかわりどうぞ！

グリモアレファレンス2 貸出延滞はほどほどに

【著】佐伯庸介　【イラスト】花ヶ田

図書館の地下に広がる迷宮を探索する一方で、通常のレファレンスもこなす図書隊のメンバーたち。そんななか、ある大学教授が貸し出しを希望したのは地下に収められた魔導書で――!?

午後九時、ベランダ越しの女神先輩は僕だけのもの2

【著】岩田洋季　【イラスト】みわべさくら

ベランダ越しデートを重ねる先輩と僕に夏休みがやってきた。二人きりで楽しみたいイベントがたくさんあるけれど、僕たちの関係は秘密。そんな悶々とした中、僕が家族旅行に出かけることになってしまって……。

新作　恋は双子で割り切れない

【著】高村資本　【イラスト】あるみっく

隣の家の双子姉妹とは幼なじみ。家族同然で育った親友だったけど、ある一言がやがて僕達を妙な三角関係へと導いていった。「付き合ってみない？　お試しみたいな感じでどう？」初恋こじらせ系双子ラブコメ開幕！

新作　浮遊世界のエアロノーツ 飛空船乗りと風使いの少女

【著】森 日向　【イラスト】にもし

壊れた大地のかけらが生みだした島の中で生活をしている世界。両親とはぐれた少女・アリアは、飛行船乗りの泊人を頼り、両親を捜すことに――。様々な島の住人との交流がアリアの持つ「風使い」の力を開花させ――。

第27回電撃小説大賞
大賞
受賞作
孤独な天才捜査官。
初めての「壊れない」相棒は
ロボットだった――。
菊石まれほ
［イラスト］野崎つばた
ユア・フォルマ
紳士系機械 × 機械系少女が贈る、
ＳＦクライムドラマが開幕！
相性最凶で最強の凸凹バディが挑むのは、
世界を襲う、謎の電子犯罪事件！！
最新情報は作品特設サイトをCHECK!!
https://dengekibunko.jp/special/yourforma/
電撃文庫

最強の聖仙、復活!!
クソッタレな世界をぶち壊す!!
少女願うに、この世界は壊すべき
桃源郷崩落
「世界の破壊」
それが人と妖魔に虐げられた少女かがりの願い。
最強の聖仙の力を宿す彩紀は
少女の願いに呼応して、千年の眠りから目を覚ます。
世界にはびこる悪鬼を、悲劇を打ち砕く
痛快バトルファンタジー開幕!
小林湖底
ILLUST ろるぁ
Should BREAK IT
電撃文庫

インフルエンス・インシデント

Influence Incident

SNSの事件、山吹大学社会学部『白鷺ゼミ』が解決します！（多分）

駿馬京

illustration◊竹花ノート

女教授と女子大生と女装男子《インフルエンサー》が

インターネットで巻き起こる

事件《インシデント》に立ち向かう!

第27回
電撃小説大賞
銀賞
受賞

電撃文庫

男女の友情は成立する？

いや、しないっ!!

七菜なな
イラスト／Parum
友情を誓った親友同士がまさかの〈両片想い〉に!?

アタシと親友だけの青春やってようぜ！

ある中学生の男女が、永遠の友情を誓い合った。1つの夢のもと運命共同体《しんゆう》となったふたりの仲は、特に進展しないまま高校2年生に成長し!?　親友ふたりが繰り広げる、甘酸っぱくて焦れったい〈両片想い〉ラブコメディ。

電撃文庫

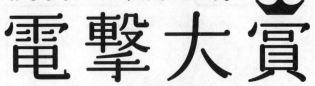